LA RÉSIGNATION

À propos de l'auteur

Xavier Legay est né en 1986. Diplômé de droit public et de science politique, il a travaillé pendant cinq ans auprès du maire d'une grande ville des Hauts-de-Seine. Il est le co-auteur d'un essai économique sorti en 2012 intitulé *Les salaires trop bas nous coûtent trop cher* (éditions CulturKom) et a également publié une étude dans les *Cahiers de la sécurité* (éditions La Documentation Française) en 2015.

La Résignation est son deuxième livre après *Premier Décembre,* roman sur les Gilets Jaunes paru en février 2020.

XAVIER LEGAY

LA RÉSIGNATION

PAMPHLET

Éditeur : BoD - Books on Demand
12-14 rond-point des Champs-Élysées, 75008 Paris
Impression : Books on Demand, Norderstedt, Allemagne

Couverture : icône dessinée par Eucalyp sur www.flaticon.com

ISBN 978-2-3222-3861-3
Dépôt légal : juillet 2020

1

Ce qui était tombé avait donné la drôle d'impression de recevoir un claquement sec. Un genre de petite correction symbolique, donnée à un peuple considéré comme attardé par des parents en mal d'autorité — parents eux-mêmes pris la main dans le pot de confiture de leur incapacité à régler le moindre problème sans en créer de nouveaux, encore pires.

Au tout début, les gens s'étaient vus incarcérés *pour quinze jours au moins*. Au moins : c'était ça, l'information à retenir. *Au moins*. Sans oublier tout le champ lexical qui accompagnait cette annonce : interdits, contrôles, sanctions. Comme d'habitude. Dans ce pays, il n'était plus possible de faire autrement que de recourir aux menaces permanentes. Des menaces pesantes, condescendantes, et même carrément discriminantes — tant l'on savait que les menaces et les sanctions qui les accompagnent pouvaient différer en raison des territoires, des populations et, concernant ces dernières, de leurs capacités de nuisance.

Puis le coup des quinze jours, franchement, qui avait pu y croire ? Bien sûr que ce serait plus long ! C'est juste qu'il fallait y aller en douceur, marcher sur des œufs, éviter de trop faire peur dès le départ, pour mieux punir par la suite. L'infantilisation en marche, et avec le sourire.

Bien évidemment, à peine ce sinistre spectacle terminé, tous les médias s'étaient empressés de reprendre et de décortiquer cette allocution pleine d'emphase, qui ressemblait plus à du mauvais théâtre qu'à un véritable discours de chef d'État.

Il faut bien dire que le rythme avait été plutôt ennuyeux. La posture, pathétique. L'anaphore martiale, pénible. Du *moi Président* réadapté aux circonstances. Un remix du fameux *je suis votre chef,* cette fois-ci balancé à la figure de toute la population. Et puis, en toile de fond, la *guerre.* Quelle guerre ? Cette terminologie était grotesque ! La guerre, ça se fait avec une armée, des soldats en uniformes, des armes, des véhicules. On tue, on blesse. On blesse plus qu'on ne tue, d'ailleurs, question de stratégie. Un adversaire mort est certes disparu, et devient de fait inopérant, mais les vivants poursuivent le combat. Un adversaire blessé est hors-jeu, et les vivants s'en occupent pour l'extraire, le sauver, le soigner, et donc ne combattent plus. Logique.

Mais maintenant, qu'allaient devenir les vivants ?

Déjà, quelques jours auparavant, l'annonce inopinée de la fermeture de tous les lieux qualifiés de *non essentiels* (non-essentiels pour qui, d'ailleurs ?) avait créé un véritable vent de panique, entraînant dans son sillage des réactions aussi irrationnelles que disproportionnées. Par peur du manque, crainte de l'arrivée imminente de troupes ennemies (c'était la guerre, après tout) ou encore quelque chose qui ressemblerait à une catastrophe naturelle, des rayons entiers de commerces — désignés comme *essentiels,* eux — avaient été pillés, dévalisés, voire saccagés dans de nombreux magasins alimentaires, de la petite épicerie de quartier jusqu'à la grande surface de zone périurbaine. Avec les nouvelles restrictions qui s'annonçaient, les gens s'était mêmes jetés sur le papier toilette, provoquant dans le meilleur des cas des pénuries, dans le pire des mini-émeutes. Des émeutes de papier toilette ! C'était une guerre contre la dysenterie ?

2

Alors qu'on découvrait les mouvements de panique et les remplissages express de caddies qu'on bourrait de trucs inutiles — pourvu qu'on en ait le plus possible — l'autre conséquence amusante de ces annonces était le sauve-qui-peut généralisé qui agitait Paris. Sur tous les plateaux de télévision, on s'émeuvait de manière grandiloquente de ces départs de parisiens vers la province, qu'on accusait à tout-va d'aller répandre leurs postillons venus des *clusters* urbains jusqu'au fin fond des campagnes. Que n'a-t-on pas entendu, alors, sur ces gens irresponsables, dramatiquement égoïstes, voire criminels, qui préféraient décamper — tant qu'ils en avaient encore le droit — au lieu de rester ici, sur place, pour faire face à la microscopique adversité ? Rester et lutter, comme autant de bons soldats mobilisés par le Chef de guerre d'une bataille imaginaire, comme autant de conscrits volontaires roulant dans des tranchées symboliques, autant de combattants d'une ridicule ligne de front allant de la chambre au canapé, du canapé à la cuisine avec, pour les plus chanceux, un balcon en guise de mirador.

Mais malgré les injonctions à avoir le *courage* de rester chez soi, ils avaient tout de même été des milliers, des dizaines, peut-être même des centaines de milliers à prendre la route en direction des quatre coins du pays, avant qu'il ne soit trop tard ! Après la débâcle du gouvernement face à une menace invisible, c'était maintenant l'heure de l'exode des vaincus. Vaincus sans combattre, une fois de plus. Comme un petit air de mai 1940, *Les Décombres* en version colorisée !

À peine quelques jours plus tard, l'ampleur du désastre était connue : l'opérateur Orange, dont on imagine sans peine les salariés (enfin, ceux qui n'ont pas envie de se suicider) en train de compiler des données savamment récoltées, de les *agréger* comme ils disent (afin de respecter l'anonymat des fuyards tout en les comptabilisant quand même) ; Orange donc, avait finalement permis de découvrir que 20% d'entre eux s'étaient fait la malle.

Un sur cinq. Quelle débandade !

Avec ces chiffres, une partie des commentateurs s'en était donné à cœur joie pour s'offusquer et désigner les exilés à la vindicte populaire, à grand renforts de reportages et d'indignation savamment dosée. Dosée, car tout de même : des anonymes partis pour éviter de rester coincés dans un deux-pièces à Bastille, c'était pas bien, mais des *artistes* de renom qui venaient étaler leur baraque dans le Sud-Ouest avec des trémolos dans la voix, ça en revanche, c'était acceptable — voire émouvant. Encore plus émouvant quand il s'agissait de plumitifs plus ou moins célèbres qui venaient raconter leur difficile retraite campagnarde dans des journaux de confinement larmoyants, et pour qui la seule préoccupation allait être de savoir comment ils pourraient se balader, au bord de la plage ou dans les forêts, sans trop se faire remarquer. Tout ça avait bien évidemment fichu la trouille aux habitants des cambrousses, qui redoutaient par-dessus tout de voir arriver ces *gagnants de la mondialisation* sur leurs terres. Et peu importait, d'ailleurs, si lesdits gagnants allaient dans leur propre maison, celle qu'ils avaient achetée avec leur propre argent et pour laquelle ils s'acquittaient, en bons citoyens, de l'écrasante fiscalité afférente.

Peu importait également s'ils étaient venus se planquer dans leur famille restée les pieds dans la bouillasse, habitants authentiques, encore enracinés et désormais tout contents d'accueillir pour quelque temps leur descendance ingrate partie s'embourgeoiser dans les grandes villes.

Peu importait, car on leur en voulait à ces déracinés, ces anciens-néo-urbains nouveaux-néo-ruraux, de rappliquer là, comme ça, pour profiter d'un peu du grand air et exercer leurs *bullshit jobs* de premiers de cordée à distance, loin de la pollution virale des grandes métropoles qu'on allait voir se transformer en gigantesques maisons d'arrêt à ciel ouvert.

En province, la réaction de quelques-uns, visiblement mécontents de l'invasion à venir, ne s'était pas faite attendre. On avait bien rigolé sous cape en découvrant, dans quelques coins prisés des citadins, que des voitures immatriculées en Île-de-France avaient subi quelques désagréments à coup de pneus stupidement déchiquetés. On aurait dit qu'ils avaient la trouille, les bougres locaux ! Mais de quoi ? Que la peste vienne frapper à leurs portes déjà fermées ? Quelle lâcheté !

Le plus pitoyable, c'est que pour certains d'entre eux, il était parfaitement logique que les citadins viennent claquer leur fric pendant les vacances, mais absolument inacceptable que les mêmes viennent se mettre au vert avant la mise sous cloche généralisée.

Si on s'attendait à ça.

Vraiment pas terribles, les première réactions : après la panique, la jalousie. Ça réveillait quelques bas instincts, cette histoire. Et ça en disait déjà long sur ce qui se passerait par la suite.

3

Dans ce qui allait être l'organisation du pays pour quelques temps (à ce moment, il était impossible de savoir quand ces fichus évènements allaient prendre fin), un *état d'urgence sanitaire* avait été proclamé (on y reviendra), afin d'encadrer juridiquement les graves atteintes aux libertés publiques qui allaient devenir le quotidien de la population.

C'est dans ce contexte que la caste de technocrates qui dirige le pays s'était munie de dispositifs particulièrement humiliants, dont la représentation la plus effrayante avait sans doute été la mise en place d'une sorte d'*Ausweis* qui allait dorénavant être exigé pour pouvoir circuler. En langage bureaucratique, cela portait le doux nom d'*attestation de déplacement dérogatoire* et se résumait à une simple feuille à imprimer, avec des mentions stupides à cocher. Pour ceux qui n'avaient pas d'imprimante — à une époque où l'on vantait tant la dématérialisation, quel intérêt ? — il était possible de remplir ladite attestation sur papier libre, en précisant *la* ou *les* mentions stupides justifiant son escapade.

Alors que la simple mise en place de ce formulaire aurait dû alerter sur le caractère inquiétant des velléités autoritaires du régime, c'est au contraire avec une passivité surprenante que cette mesure avait été reçue ! Sur la plupart des chaînes d'infos en continu (les chaînes d'infos en continu tenaient là un sujet en or : balayés les terroristes, dehors les gilets jaunes, dégagés les syndicalistes), on montrait à la population — présumée illettrée ? — comment bien remplir sa petite attestation, on expliquait la signification précise de chaque petite case, on s'interrogeait sur la création d'une version numérique (qui viendra quelques temps après), on répondait à des questions importantes du genre *« peut-on cocher deux cases si on va faire du sport et qu'on fait les courses en rentrant ? »*. Bref, tandis qu'un état d'exception rigide et contestable se mettait tranquillement en place, on discutait encore de détails administratifs.

Ça avait occupé une bonne partie de l'actualité, d'ailleurs, cette histoire d'attestation. Les premiers jours, les envoyés spéciaux se multipliaient (ils pourraient demander le statut de reporter de guerre, après tout) afin de constater en direct comment se passaient ces ridicules contrôles. D'abord en se gargarisant de voir quelques types restés à Paris se faire sauter dessus par des flics revanchards (qui pouvaient enfin se promener sans recevoir des pavés sur le casque !), ensuite en alternant avec des reportages sensationnalistes pour aller vérifier comment cela se déroulait dans les *banlieues* et autres *quartiers populaires* — en espérant évidemment que ça se passe mal, sinon tout cela n'avait aucun intérêt.

Et comme attendu, dans ces coins-là, les gens étaient assez agités, sans grande différence avec les journées ordinaires pré-apocalypse. On y voyait des étals de marchés bondés, dégageant des odeurs d'épices qu'on pouvait deviner même à travers l'écran, on y voyait des légumes et des fruits être examinés, retournés, palpés avec attention (mais sans gants !) sous l'œil mi-goguenard mi-inquiet des journalistes, à côté de policiers encombrés qui ne savaient pas encore trop quoi faire, on y voyait des gens acheter de la bouffe par kilos entiers et les jeter dans de grands cabas multicolores, avec le commentaire qui va bien du style *« ici, les gens achètent à manger, mais sont trop près les uns des autres »*.

Dans les petits magasins entourant les places des marchés, c'était pire ! Carrément la cohue. Chacun jouait des coudes pour attraper des boîtes de conserves, des pâtes, des paquets de gâteaux, de l'huile, et plein d'autres vivres indispensables, sous le regard affolé des commentateurs. Tout ça le plus souvent sans attestation, bien évidemment. Décidément, sacrée désobéissance. Le vaudeville était bien rôdé, on en venait presque à assister à du comique de répétition tant les scènes se répétaient. Piteux au départ, les policiers imploraient un petit peu de discipline, d'abord gentiment, puis finissaient par gueuler au bout d'un moment, sans doute fatigués de parler dans le vent en permanence.

Il est vrai que le message avait par moment du mal à passer, et pas que dans les coins *populaires*. Si une bonne partie de la population s'était pliée à ces règles idiotes dès le début, par trouille ou par civisme (ça va souvent de pair), il y avait visiblement encore trop de monde qui prenait ça à la légère. Les reporters (de guerre), sur le terrain, montraient parfois les gens éviter les policiers, comme si de rien n'était, *quelque chose à se reprocher sans doute,* ensuite on voyait quelques personnes rechignant un peu puis finir par obtempérer — ou faire semblant ? — en promettant d'être en règle *la prochaine fois*, tandis que d'autres enfin se montraient parfois plus rétifs et que des discussions pénibles s'engageaient pour tenter tant bien que mal d'expliquer le bien-fondé (selon les autorités, évidemment !) des mesures en vigueur.

Les quelques démonstrations d'hostilité qu'on avait pu voir au tout début allaient vite être matées : on augmente les amendes, on intensifie les patrouilles policières. La mise au pas doit être *totale,* sinon, tout ça ne sert à rien !

4

Alors, on allait se faire plaisir, niveau surveillance. Flicage généralisé, cette fois ! Il faut que les consignes soient respectées, c'est un ordre.

À peine démarrait-elle seulement, que cette situation allait pourtant assez vite se révéler injuste — et pour tout le monde, finalement. Injuste pour les flics eux-même, déjà, envoyés dehors (presque) partout, pour aller se faire éternuer à la tronche à chaque fois qu'ils demandaient à voir ce bout de papier insupportable, et sans les petits masques qui vont bien, évidemment. La hiérarchie était formelle : il ne fallait pas effrayer les gens ! Enfin, officiellement, car en réalité, il n'y avait évidemment pas assez de matériel pour tout le monde. C'était un peu comme pour les gilets pare-balles, en gros : on se partage quelques gilets périmés pour toute une brigade, et tout le monde est content ! Bref, il n'y avait pas assez de matériel prophylactique, donc, et chacun avait pu s'en rendre compte, grâce à Twitter. Comme on le disait clairement sur les ondes radio : les masques, ça doit rester dans les bagnoles ! Ça avait fait jaser, évidemment, surtout à la vue de la psychose ambiante qui commençait à se mettre en place. On se disait (pas forcément à juste titre, d'ailleurs) que ça allait être super facile alors, pour le vilain petit virus, d'aller se balader de contrôlé en contrôleur, de contrôleur en contrôleur, puis de contrôleur en contrôlé — histoire d'être certain de ne rater personne ? Car si le bidule n'a pas de passeport et ne reconnaît pas les frontières, il ne devrait pas non plus reconnaître les uniformes, logiquement ?

Alors c'est vrai qu'on pouvait en penser ce qu'on voulait, mais exposer les flics comme ça alors même qu'on commençait à nous bassiner avec des restrictions absurdes qu'on voulait nous faire respecter à tout prix, c'était assez hypocrite de la part du gouvernement — qui avait en plus osé prétendre que les forces de l'ordre ne craignaient rien !

Pourtant, il y avait bien de quoi se poser quelques questions, tout de même. On décide d'enfermer tout le monde car c'est trop dangereux de rester dehors, mais ceux qui restent dehors à empêcher tout le monde de sortir, ce n'est pas dangereux pour eux ? Bravo l'incohérence, encore une fois.

Ça avait tellement mis les boules à certains, d'ailleurs, qu'on avait vu quelques syndicalistes policiers en arriver à carrément évoquer le grief de « *mise en danger de la vie d'autrui* » à l'encontre de leur hiérarchie ! Peine perdue sans doute, ou qui portera peut-être ses fruits longtemps après, à moins que ça ne finisse par tomber aux oubliettes, une fois de plus. Seul l'avenir le dira. Il n'y a de toute façon pas beaucoup de leurs revendications qui sont écoutées, dès lors qu'elles concernent autre chose que la protection du régime lui-même. Mais en attendant, on allait bien demander aux policiers de faire leur travail. Ils sont là pour ça, après tout.

À supposer aussi qu'on le définisse et qu'on l'encadre, ce boulot… Et forcément, avec le flou qui régnait, ça allait d'abord créer des interrogations, puis des débordements, comme pendant les manifs ! Même s'il ne faut évidemment pas mettre tous les flics dans le même panier à salade, on allait vite remarquer que leur demander de faire respecter des règles délirantes et disproportionnées risquait d'occasionner quelques dérives — et notamment un bel excès de zèle chez certains qui allaient démontrer un enthousiasme particulier à contrôler que les petits papiers sont remplis correctement.

Le pire, c'est que ça allait se vérifier rapidement, et plus rapidement qu'on ne le croyait ! C'était prévisible, car forcément, il y avait eu un peu trop de flottement, au début. Pas énormément de sanctions, beaucoup de parlotte, et même quelques forces de l'ordre compréhensives (voire pédagogues), qui avaient eu le bon goût d'essayer d'*expliquer* au lieu de sanctionner n'importe comment.

Tout cela était bien gentil, mais ça n'allait peut-être pas suffire à faire accepter cette situation qui était tout de même la priorité absolue pour les pouvoirs publics — ils l'avaient suffisamment répété !

Alors très vite, on a voulu serrer la vis, montrer que c'était pas de la rigolade, qu'il fallait obéir, même si ça pouvait paraître absurde et injuste. Et il y avait de quoi trouver qu'elle était injuste, cette situation. Ça deviendrait flagrant au fil du temps, et ça commençait déjà à prendre une tournure vraiment inquiétante, d'autant qu'on avait assez rapidement compris que cette volonté d'enfermement collectif ne servait en réalité qu'à une chose : compenser les errements d'un gouvernement qui n'avait pas su prendre la mesure de quoi que ce soit, n'avait rien prévu (ou faisait semblant de n'avoir rien prévu ?), se contredisait sans arrêt, se permettait de mentir au peuple en permanence et même, parfois, de carrément le moquer.

Il était clair que le régime dérogatoire auquel la population venait d'être soumise, cet état d'exception qu'on demanderait à la police de faire respecter jusqu'au-delà du raisonnable, ressemblait tout de même à une véritable monstruosité bureaucratique. C'était une sorte d'aberration juridico-administrative aussi angoissante qu'infantilisante en plus d'être hypocrite — sachant pertinemment que c'était le manque de tout le matériel nécessaire qui avait motivé les pouvoirs publics à décréter cet enfermement général situé à mi-chemin entre la Chine communiste et la quarantaine moyenâgeuse.

Drôle d'idée, mais qui avait eu le mérite, pour nos dirigeants, d'opérer un habile transfert de culpabilité en rejetant la responsabilité sur la population dans son ensemble, histoire de bien se dédouaner de tout ce qui ne fonctionnait pas.

Les hôpitaux engorgés, les services d'urgence saturés, la défaillance en matière de lit et d'appareils ? C'est pas eux. Le manque de masques (ceux qui ne servent à rien et qu'on ne sait pas utiliser), l'absence de tests et de plein d'autres trucs utiles ? Toujours pas eux. Et le mieux : la fermeture des frontières, les contrôles aux aéroports, l'isolement des voyageurs étrangers — surtout ceux qui viennent des zones où ça toussote dur — bref, les mesures de simple bon sens appliquées par le monde entier (et même recommandées par l'OMS en cas de pandémie, la même OMS qu'on adore écouter quand ça va dans le sens de l'idéologie mais qu'on écoute plus du tout dans le cas contraire), c'était pas une bonne idée ?

Pas besoin ! Pas de passeport, on nous l'a déjà dit. Même si un peu de bon sens suffisait pour comprendre qu'un virus ça loge dans un hôte et que l'hôte, lui, il peut avoir un passeport, peut-être ?

Mais non, on soutenait bien entendu que ça n'avait rien à voir. La frontière, ça ne sert à rien, bande de repliés ! Hors de question de fermer la France. Et puis quoi, encore ? Il faut rester grand ouverts, bien *européens*, on ne va tout de même pas songer à mettre des barbelés autour du pays, quand même ! On se contentera de « fermer les frontières de Schengen ». Logique, quand on nous rabâche à longueur de journée que l'Europe est devenue *« l'épicentre de la pandémie »*. Maintenant qu'on se partageait un sanatorium géant, c'était évidemment trop tard pour réagir !

En revanche, *fissa* dans vos chambres. Et qu'on y reste, surtout. Désormais, les postes de douane, c'est en bas des immeubles et devant les maisons.

5

Pas le choix, il fallait donc rester chez soi. Ça pouvait paraître supportable — au moins pendant un temps — pour ceux qui vivaient à plusieurs (surtout avec un peu d'espace), mais peut-être un peu moins pour les autres. Parce que oui, c'était bien beau tout ça, mais on ne pensait pas beaucoup à ceux qui créchaient dans des petits appartements, ni aux solitaires. Souvent les mêmes, d'ailleurs, qu'ils soient seuls *tout seul* ou seuls *à deux*. Être deux n'empêche absolument pas d'être seul : la solitude, c'est comme la misère, ça peut se partager. Alors, qu'est ce qu'ils allaient bien pouvoir foutre, tous ceux-là ? Pour eux, cette situation pouvait assez vite se transformer en cauchemar : les voilà qui se retrouvaient désormais seuls et prisonniers. Prisonniers de leur solitude ! Et on ne parle pas ici de ceux qui appréciaient d'être seuls. La solitude, parfois, c'est un choix, pas une fatalité. Pareil pour l'enfermement, d'ailleurs. Pour certains, l'enfermement du corps n'est pas celui de l'esprit, beaucoup s'enferment et s'isolent, question de personnalité. Grand bien leur fasse.

Non, le problème, c'est ceux que ça angoissait, qui vivaient mal cette injonction délirante, à mille lieues des nécessités humaines. L'Homme étant *un animal social*, comme le dit le vieux poncif aristotélicien, il a besoin de contact, d'échanges, de liens. Pas fait pour rester en cage, simple affaire de santé mentale. Et finalement, ça s'applique aussi aux casaniers, c'est juste une bête question psychologique : avant tout ça, être enfermé était une démarche volontaire, à laquelle il était possible de mettre fin juste en sortant, alors que dans ce contexte, rester chez soi voulait dire rester enfermé au sens carcéral du terme, claquemuré dans son propre domicile, autorisé seulement à rejoindre l'espace public pour des déplacements dits *essentiels,* muni d'une attestation dite *dérogatoire.* En somme, sortir de sa prison revenait à s'accorder une liberté conditionnelle autogérée ! Ça mettait tout le monde sur le même plan, finalement. C'est comme si on fouettait tout le monde de manière obligatoire : même ceux qui payent pour se faire fouetter de temps en temps finiraient sûrement par en avoir ras-le-bol d'être fouetté tout le temps et sans leur consentement.

Et bien, pour la réclusion, c'était tout pareil !

C'était pratique, de forcer les gens à rester chez eux. Parfait pour renforcer la communication, sans qu'on puisse aller vérifier quoi que ce soit. Tout le monde se retrouvait obligé de croire que tout ce qu'on leur disait était la réalité. Pourtant, la réalité brute, ça n'existe pas vraiment. Le réel, c'est surtout ce qu'on en fait. Ça se présente, ça se travaille. Ça s'enjolive ou ça s'assombrit, tout dépend de l'objectif recherché. Dans le cas présent, le seul objectif semblait être de distiller la trouille, la crainte, de faire croire à l'*Armageddon* pour mieux déresponsabiliser, et finalement mieux contrôler. Le contrôle, c'est évidemment plus facile quand la peur s'installe, et la télévision était pour ça l'outil idéal. Ce qui pouvait être d'ordinaire une « fenêtre sur le monde » allait devenir un miroir hypnotique des craintes du moment, un genre de *télécran* orwellien qui aurait désormais pour unique fonction que de maintenir une pression aussi artificielle que malsaine sur la population, sans doute pour que le couvercle de mensonges et de manipulations qui venait d'être posé sur le pays ne soit pas éjecté trop rapidement.

Aussi, depuis plusieurs jours (plusieurs semaines, en fait, même si on ne s'en était aperçus qu'à la faveur de l'enfermement) on se retrouvait quotidiennement gargarisés d'informations anxiogènes, tragiques, savamment mises en scène par des médias qui avaient trouvé là un moyen efficace de diffuser une véritable drogue en perfusion à tous les embastillés, contaminés par la peur.

C'était d'ailleurs très bien mis en scène, un véritable chef-d'œuvre de propagande ! En continu, les hypothèses les plus folles et les prospectives effrayantes s'accumulaient : aux tableaux succédaient des graphiques, aux graphiques succédaient des courbes, des schémas, des chiffres bizarres balancés les uns après les autres, abondamment commentés, décortiqués, analysés par des intervenants qui radotaient chaque jour les mêmes inepties. Des tas de médecins, scientifiques, journalistes médicaux, journalistes scientifiques, médecins-journalistes et simples chroniqueurs venaient étaler leur méconnaissance du sujet sur tous les plateaux, s'écharpaient sur la conduite à tenir, semblaient participer à un concours absurde où le gagnant serait celui qui injecterait le plus de frousse à une population partagée entre inquiétude et incompréhension.

Et le pompon était à accorder au Directeur général de la Santé qui apparaissait, chaque soir, pour égrener son décompte mortuaire d'un ton emprunté. L'avalanche des morts, des réanimés, des malades, des entrés, des sortis, des revenus, des presque malades et des pas encore ressuscités avait achevé de transformer ce fonctionnaire engoncé en une sorte de croque-mort pas vraiment télégénique — mais suffisamment angoissant pour satisfaire l'envie de trouille des téléspectateurs.

Difficile d'échapper à tout ça. Il n'y avait qu'internet pour s'évader, et c'était bien le seul espace qui donnait (pour l'instant encore) un peu de liberté ! Ici, la donne était différente : si les relais des médias officiels sur les réseaux sociaux prêchaient une parole convenue, de plus en plus d'informations alternatives commençaient à circuler.

Des groupes de discussion comptant parfois plusieurs dizaines de milliers de membres s'étaient formés, permettant à chacun d'y aller de sa petite théorie, de sa propre analyse, de son interprétation des évènements. Certains acharnés pouvaient rester des heures à étudier ce qui s'y disait, à regarder des vidéos mal montées et à lire des articles provenant de sources plus ou moins douteuses, à échanger des messages avec d'autres types perdus qui se posaient mille questions sans obtenir de réponses.

Même si au fond, ce n'était pas vraiment des réponses que ces gens cherchaient. Plutôt une communauté, un retour à une forme de socialisation, ce lien dont ils manquaient parfois cruellement dans la vie réelle et qui leur était maintenant permis, facilité par l'anonymat des réseaux et le gigantisme du monde numérique ; là où se retrouvaient tous ces individus atomisés, broyés, cassés, qui exprimaient leur dégoût et leurs craintes avec plus ou moins de brutalité, dans des tirades à l'orthographe parfois approximatif, fustigeant la vilénie de ces élites toujours promptes à répondre aux cris de détresse par un mépris à peine dissimulé.

À tort parfois, à raison souvent, tous savaient qu'on leur mentait, qu'on les manipulait, qu'on se foutait d'eux en continu. Et chaque jour qui passait ne faisait qu'alimenter la colère collective.

6

Parmi les réfractaires justement, on avait vu émerger un genre d'idole post-moderne, incarnée par un savant marseillais (il faut éviter le jeu de mot *savant de Marseille*, trop utilisé pour conserver son caractère amusant), et qui était devenu en quelques jours un symbole populaire mêlant à la fois l'espérance à la contestation. Évidemment, à une époque superficielle et narcissique où une image vaut réellement mille mots — même lorsque ces mille mots ne peuvent être illustrés par aucune image — on s'était davantage concentré sur la forme de la communication que sur le fond du propos.

Il faut bien dire que c'était nettement plus facile ! Quand l'objectif affiché et partagé à tous les niveaux de la vie publique et médiatique est de terroriser la population, il est logique qu'un type porteur de nouvelles rassurantes soit rapidement vu comme un problème. Alors, en venir à dire que c'en est déjà fini de la vilaine maladie au moment même où la psychose commence tout juste, ça la foutait mal. Tout le monde se rappelle bien de la fameuse video intitulée *Coronavirus, fin de partie !* dont le titre avait été jugé si scandaleux qu'il en avait été qualifié de *fake news* (par le ministère de la Santé !) jusqu'à en devoir être modifié pour rester en ligne. Pourtant, il n'y avait pas que des bêtises là-dedans, loin s'en faut. Mais c'était sûrement pas assez anxiogène, pas convenable, trop bas sur l'échelle du trouillomètre. Puis ça paraissait trop crédible, en plus : ça ne venait pas de n'importe qui, mais d'un personnage tout de même assez légitime dans le milieu scientifique ! Enfin, légitime certes — mais qui avait eu la malheureuse idée de ne pas vraiment ressembler à ses collègues. Et il allait le payer !

L'argument de poids qu'on lui opposait : il a pas la touche habituelle qu'on attends à ce niveau-là, c'est suspect ! Difficile à attaquer sur le fond, alors on s'en était pris à sa dégaine. Pas bien les cheveux longs. Pas bien la bague tête-de-mort, trop gothique, pas assez scientifique. Satanique peut-être ? Elle avait une bonne touche, pourtant, la figure christique du druide gaulois qui commençait à faire peur aux labos pharmaceutiques avec sa marmite de potion magique. Et bien non, en dépit d'un CV long comme le bras et d'une réputation internationale, ça n'allait pas. Trop *rock'n'roll*. Pas assez consensuel. On lui a même collé un gilet jaune sur le dos, alors qu'il n'avait rien demandé ! On voyait là l'illustration parfaite de ce qui commençait à leur poser problème, au fond : la désobéissance.

Il était hors de question de laisser qui que ce soit tenir une autre ligne que la ligne officielle, fut-il un mandarin qui compte parmi les meilleurs spécialistes mondiaux. Au départ, certains disaient seulement qu'il « cassait les codes » sans pour autant oser remettre en question ses compétences. Mais très vite la plupart des commentateurs allaient s'accorder sur les anathèmes à la mode pour le disqualifier, quand les plus méchants (et les plus bêtes?) en arriveraient même à parler de *populisme médical*. Il faut dire qu'il n'avait pas eu de chance : d'un seul coup, on s'apercevait que tous ses soutiens avaient en commun un rejet quasi-viscéral du gouvernement et de ses affidés. Drôle de hasard. Tout ça prenait brusquement une coloration politique, car toute la dissidence plus ou moins acceptable (et acceptée) s'était prise de sympathie pour ce médecin qui n'avait pourtant en tête qu'une seule chose : faire son travail sans chichis.

Son triptyque n'était pourtant pas très compliqué. Tester, isoler, traiter. Une méthode simple, qui sentait le bon sens à plein nez. Un mantra qui n'avait rien d'une formule magique mais qui supposait d'avoir un peu de cran, c'est-à-dire laisser les toubibs faire leur travail de toubib. Pas évident, pour une large frange de faux Hippocrates — mais vrais hypocrites — qui passaient plus de temps à faire de la retape à la télé qu'à arpenter les couloirs de leurs hôpitaux.

Et ce sont ceux-là, les professionnels de la profession, parés de diplômes en veux-tu en voilà, armés de leur science mais coupables d'erreurs d'appréciation à la pelle, qui se sont abattus en meute sur ce pauvre Professeur en lui reprochant de prendre trop d'initiatives, d'agir *hors des protocoles* (pourtant, c'était la guerre, pas de temps à perdre !) voire de « mettre en danger ses patients ». Ben oui, il mettait en danger tout le monde, avec ses médicaments qu'on file à tous les gars qui vont en Afrique, pour éviter qu'ils attrapent le paludisme. C'est bien connu, ça fait soixante-dix piges qu'on cherche à tuer tous les voyageurs. C'était pour ça que les gens faisaient la queue pendant des heures devant son institut : pour aller à l'abattoir, comme un gigantesque troupeau de moutons ! Pour aller se faire euthanasier en douceur à coup de pilules à trois euros, plutôt que d'attendre de mourir étouffés par leurs glaires dans les couloirs d'un hôpital.

Encore une fois, c'était facile à comprendre : une part entière de la population avait été hypnotisée, voire ensorcelée par le vilain gourou mystique — par ailleurs éminent spécialiste de microbiologie — qui avait eu le mauvais goût d'inspirer confiance à une grande partie des Français, fatigués d'être pris pour des abrutis. Inacceptable !

Alors, ça a été drôlement rapide la cabale contre l'illuminé. Au bûcher, le sorcier ! Ça s'était mis à gronder très dur chez les médecins étatiques, qui avaient un peu de mal à supporter qu'on puisse aller dans un autre sens que dans le leur, en remettant en cause la plupart de leurs affirmations péremptoires. Impensable, même.

Surtout que non seulement ce type au bord de la mer se permettait de penser qu'enfermer tout le monde n'était pas la solution idéale, se permettait de soigner les gens sans attendre pendant des semaines les résultats d'hypothétiques essais cliniques, mais se permettait, en plus, de faire des vidéos pédagogiques sur internet pour expliquer sa méthode, et sans passer par le filtre de la *Propagandastaffel* médiatique.

Diantre.

Et tout ça, sans les autorisations du bureau politique de la Santé. Ça ne pouvait plus durer, il fallait bien qu'il finisse par se taire ! Avec son cinéma, il risquait de devenir vraiment trop rassurant et de mettre un coup d'arrêt à la bonne dynamique de terreur enclenchée, qui commençait à peine à porter ses fruits.

7

Pendant ce temps, ça commençait à y aller sec, sur les restrictions de libertés. Confiné voulait dire *restez-chez-vous*, c'était tout de même pas compliqué à comprendre, non ?

En plus, on le répétait toute la journée !

C'est vrai que, globalement, on se réjouissait qu'une large majorité de gens « respectent » ce qui leur était imposé (étonnant, d'ailleurs, cette propension à l'obéissance générale), mais tout de même, il y avait encore une infime minorité de réfractaires à qui ça ne plaisait pas des masses de jouer au prisonnier — et qui avait le mauvais goût d'aller mettre le nez dehors un peu trop régulièrement. Alors, pour que tous les irresponsables comprennent, pas d'hésitation : le képi et la matraque, le carnet à souche et les patrouilles.

Et qu'on s'assure que les gens arrêtent de traîner.

Cela faisait un drôle d'effet de voir soudainement une telle mobilisation de forces de l'ordre, d'autant qu'on allait assister au fil des jours à quelques dérives dans les contrôles. Dérives qui en diraient assez long, au fond, à la fois sur le rapport à la liberté chez les corps constitués et sur le rapport à l'obéissance dans la population. Difficile à expliquer, l'obéissance, si ce n'est par la peur évidemment, comme toujours. Après la double peine, c'était cette fois la double peur ! Peur de la maladie et peur de la répression. C'était bien pratique, la peur. Le meilleur moyen d'abdiquer. Après tout, c'était pour le bien collectif. Et tant pis si la recherche du bien doit faire, au final, plus de mal que de bien.

C'était là une vraie question, mais qui n'était, pour le coup, pas tout à fait nouvelle.

Il y avait déjà eu, ces dernières années, quelques contextes troublés qui auraient dû amener à réfléchir plus attentivement sur l'équilibre à trouver entre sécurité et liberté. Depuis les attentats islamistes, notamment, qui avaient induit l'état d'urgence pour lutter contre le terrorisme. Objectif louable, personne n'en disconviendrait, mais qui avait eu son lot d'interrogations charriées par ce dispositif dérogatoire au droit commun, avec pour mot d'ordre de garantir la sécurité partout — et tant pis si assurer celle-ci restreignait un peu les libertés. Finalement peu s'en souciaient, du moment qu'on pouvait éviter de se faire tuer en prenant un café ou en allant regarder un spectacle.

Puis il y avait eu ensuite les grosses manifestations de 2018 et 2019, émeutes sociales et politiques, contestations venues des tréfonds d'un pays en souffrance, entraînant dans leur sillage de nouvelles interrogations, plus générales cette fois, sur le maintien de l'ordre, la répression, le rôle de la police, son image, le respect du droit, la déontologie, la proportionnalité des ripostes. Les arrestations préventives, aussi, étrange mode opératoire où l'ordre politique se confondait un peu trop facilement avec l'ordre public. Et les mots véhéments qui illustraient un rejet de plus en plus massif : brutalité, répression, méfiance, incompréhension.

Les forces de l'ordre finissaient par être considérées, dans une partie de la population, comme étant uniquement au service du pouvoir, désormais garantes de la pérennité du régime, et non plus de la protection de chacun. La défiance devenait permanente, et n'était plus seulement l'apanage des délinquants ou des anarchistes. Ce déficit de confiance allait forcément avoir des conséquence à un moment où l'on instrumentalisait (encore) la police à des fins politiques.

Finalement, c'était sûrement resté dans l'inconscient collectif, tout ça. Déjà que personne n'aimait croiser des flics en temps normal, ça avait drôlement empiré, d'un coup. Alors on les voyait bien, les gens qui commençaient à faire attention, qui cherchaient à éviter la patrouille, ou même qui attrapaient des réflexes de criminels en cavale juste pour aller prendre l'air. Normal, depuis qu'on avait criminalisé les sorties. Sale ambiance, tout de même, que de considérer le promeneur comme un braconnier qui doit se méfier du garde-chasse.

Et pourtant, c'était pas juste se méfier, ce qu'il aurait fallu faire. C'était une grève du petit papier ! Un grand refus collectif de l'auto-humiliation par l'auto-attestation, ça en aurait eu de la tronche. Ç'aurait été une belle résistance à l'oppression pour tous ceux qui croient voir du fascisme partout — notamment les petits libertaires d'opérette ou les contestataires du dimanche.

Mais on les a pas entendus, ceux-là. Ils l'ont bien fermé, comme tout le monde. À la guerre comme à la guerre, on a les maquisards qu'on mérite ! Et même si là, les forces d'occupation ne venaient pas de très loin, elles agissaient tout de même assez bizarrement, comme si elles s'étaient d'un seul coup retrouvées face à des millions de délinquants en puissance à qui il fallait bien montrer qu'on ne badine pas avec la loi et l'ordre.

La voie publique, maintenant, c'est sans public.

Et prière de s'y plier en trouvant ça normal, sous peine de sanctions.

8

Tout ce cirque au nom de *l'ordre public* donc, évidemment. C'est important l'ordre public, et ça contient en plus une composante sanitaire — à ne pas confondre avec la santé publique, ça c'est autre chose — qui permet de prendre plein de mesures coercitives, en toute légalité. Même si avant toute chose, il faut rappeler l'essentiel : en matière d'ordre public, la liberté est la règle, et les restrictions de police l'exception ! Pas nouvelle, cette règle. Jurisprudence du Conseil d'État, 1917. En pleine première boucherie mondiale, quand on pataugeait dans le sang et la bouillasse pour achever la destruction de la vieille Europe — et avec de vrais guerriers dans de vraies tranchées, pas une guerre de planqués petit-bras. À l'époque, ceux qui voulaient rester chez eux, c'était à coup de baïonnette dans les fesses qu'on les envoyait se faire casser la gueule. Finalement, avec un siècle de recul, peut-être bien qu'ils auraient préféré se faire casser la gueule pour rester chez eux, comme les guerriers d'aujourd'hui. *O tempora, o mores.*

Alors, c'était tout de même un bon socle juridique, cette notion d'ordre public sanitaire. C'est comme ça que le gouvernement, après tant d'agitation et de rodomontades, avait pu sortir de son chapeau le fameux *état d'urgence sanitaire* (terminologie parfaite, résumant impeccablement la situation en trois mots) qui allait donc permettre de sortir une flopée de textes imbuvables, avec une double fonction essentielle : restreindre les libertés et libérer les restrictions.

Et ça n'avait évidemment pas traîné, d'autant qu'au milieu du renoncement collectif, il y avait tout de même quelques esprits un peu plus libres qui commençaient à trouver le temps long. Pas assez nombreux, peut-être, mais il y en avait. Après, c'est sûr que c'était pas facile de résister à la propagande — sachant à quel point la santé est un sujet sensible. Dès le début, la sidération avait bien fait le travail. Forcément, l'appréhension de l'inconnu, ça n'aide pas à être trop aventureux. Alors on observe, on tâtonne, on réfléchit. On se dit que peut-être, tout de même, *après tout*, il est possible que le danger soit là, partout, tout autour de nous. Puis rapidement, quelques-uns réalisaient quand même que tout ça était bizarrement anxiogène, que tout ça avait un peu l'air mis en scène, peut-être même un peu exagéré, qui sait ? Le ciel était-il vraiment en train de nous tomber sur la tête ?

D'autant qu'il était drôlement beau, le ciel, et depuis un bon moment. Sacré pied-de-nez de la nature, tout de même : pas un seul nuage à l'horizon, juste au moment où il est interdit d'en profiter ! Il avait même fait particulièrement chaud pendant plusieurs jours, plus chaud que d'habitude à la même période. L'avantage de tout ça, c'est qu'on parlait un peu moins du réchauffement de la planète, et des autres obsessions écologistes en général, subitement mises de côté par la *catastrophe sanitaire*. Toujours était-il que le climat (réchauffé ?) avait eu le défaut d'agir comme une incitation à braver les règles édictées, l'humain ayant un besoin important d'ensoleillement — nécessité biologique, naturelle, pour bénéficier des nombreux bienfaits du soleil en matière d'apports vitaminiques. Alors justement, quoi de mieux que de profiter du beau temps pour se renforcer !

Puis ça ne doit pas craindre grand-chose, non ?

Et bien non ! Il fallait surtout pas croire que ça allait tuer la grippe. Non, non, non ! Bizarre. Pourtant, ça renforce pas le système immunitaire, le soleil ? Ça n'aide pas mieux à lutter contre les vilaines maladies ? Non. C'est pas une excuse suffisante. Sinon, on peut vraiment tomber malade quand il fait 25° tous les jours ? Possible, nous ne le savons pas encore ! Nous ne savons pas grand chose, décidément. La *saisonnalité* du virus n'est pas établie, impossible de prévoir si tout ça va s'arrêter avec l'été. Alors, que ça puisse se calmer dès le printemps, on préfère ne pas y penser. Et tous ceux qui le croient doivent se taire ! Pour le moment, le bronzage c'est dans le jardin, sur le balcon, et à la fenêtre. Ou même sur les toits des immeubles. Ça, c'est encore légal. Le seul risque reste juste de se faire mater en bikini depuis un hélicoptère ou par les caméras d'un drone.

L'utilisation des drones, tiens, en voilà une idée qu'elle-était-bonne pour surveiller tout le monde ! Quand on avait vu ça chez les Chinois, tout juste quelques mois avant, beaucoup avaient pourtant poussé des cris d'orfraies devant un tel niveau de surveillance. Étrange, car chacun sait bien que dans une dictature communiste, on ne s'embarrasse pas franchement du respect des libertés individuelles…

Alors, qu'est ce qu'il y avait de choquant ? Que les drones aillent jusqu'aux fenêtres pour vérifier que les gens sont chez eux ? Oui, ça c'est choquant, on fait ça seulement dans un régime totalitaire. Pas de ça chez nous ! Alors, quoi d'autre ? Que les petits aéronefs télécommandés soient munis de hauts-parleurs pour engueuler les promeneurs et les rappeler sévèrement à l'ordre ? Tiens, ça, en revanche, c'est pas bête. C'est plutôt ludique, et ça a l'air très efficace.

Ça économise des effectifs, tout en assurant un bon respect de la *distanciation*. En fait, c'est pas tellement dictatorial, pour le coup. On pourrait peut-être même y penser. Assurer une surveillance aérienne panoptique en continu de la population et pouvoir *illico presto* inviter les contrevenants à rester chez eux, c'était bien tentant ! Pourquoi se gêner, donc ? Pas de raisons, en effet.

Dans certains coins, on s'était jeté sur l'opportunité pour en faire des caisses et montrer qu'on était à la pointe du voyeurisme — en toute légalité bien sûr. L'usage des drones ça ressemble à du totalitarisme, mais ici c'est bien *encadré*, bien *réglementé*. Pas possible de sortir du cadre, il y a des lois qui doivent s'appliquer à tous. Le cadre légal protège, c'est rassurant. Après, il ne reste qu'une seule question qui puisse poser un léger problème : qui fait la loi ? Le droit, c'est très bien, mais il faut tout de même garder à l'esprit que le droit reste le fruit d'un rapport de force politique, et pas une vérité immuable. Ceux qui décident le font pour tout le monde, et malheureusement, niveau contre-pouvoirs dans notre pays, on peut mieux faire. Il n'y a que le Conseil d'État qui finirait par se réveiller, mais un petit peu trop tard.

De toute façon, en attendant, c'était bien dans le sens du pouvoir et du renforcement des contrôles, qu'on allait ! Ça fleurissait, les initiatives en tout genre pour restreindre, restreindre et restreindre encore.

Parfois c'était marrant, parfois un peu moins. Et ça ne devenait plus du tout marrant quand certains se sont mis à vriller totalement, quitte à faire n'importe quoi.

9

On avait pu alors assister à un vrai concours d'idées farfelues (ou plutôt assez tordues) et sacrément cocasses, dans toute cette histoire. Il faut avouer que c'était là une belle occasion de se faire remarquer, de capter la lumière, briller, être plus royaliste que le roi en cherchant comment en faire des tonnes pour être meilleur que les autres, le tout sur fond de bonne grosse récupération. Les querelles politiques ne s'arrêtaient jamais ! Heureusement, quelque part. Ça nous sortait un peu de l'apathie dans laquelle on était, ça permettait de parler un peu d'autre chose que de médecine. Mais ce qui était dommage, c'est que ça se faisait — encore une fois — au détriment de la liberté.

Comme c'était la mode, d'être le plus restrictif possible, on avait pu voir plein de maires, dans différents coins de France, rivalisant d'imagination pour prendre les mesures les plus liberticides possibles. Par exemple, quand certains décrétaient des couvre-feux à 23h, les voisins en décrétaient aussi, mais en les faisant démarrer à 22h ! Tout ça pour démontrer qu'au niveau local on assure, pendant que là-haut, ce sont vraiment de gros mollassons.

Il y en avait eu un, aussi, qui voulait forcer les gens à porter des masques dans la rue (ça va devenir un grand sujet, par la suite). Et pourquoi donc ? Pour montrer que l'État a été nul sur les masques ! Puis au tour d'un autre, qui voulait faire voler ses propres drones municipaux. Pourquoi ? Pour montrer qu'il a une ville super efficace, qui peut acheter plein de matériel de surveillance et être encore plus performante que l'État pour faire respecter les règles !

Après, c'est encore un autre qui s'était fait remarquer, en se mettant à enlever ses bancs publics (carrément !) afin de bien s'assurer que les gens n'aient pas la mauvaise idée de s'asseoir au soleil. Et pourquoi donc ? Pour montrer qu'il est encore plus prévoyant que l'État dans la protection de gens, voyons. Chez lui, on ne s'assoit pas ! L'extérieur c'est pour marcher. *Ville dynamique*, et tant pis pour les petits vieux qui voudraient se poser un peu au soleil pendant leur pauvre heure de balade autorisée.

Et puis d'autres ont littéralement pété les plombs ! On en a vu un — encore plus dingue que les précédents — qui voulait obliger les gens à acheter plusieurs baguettes de pain d'un coup, sous peine de verbalisation (heureusement, c'était pas légal), et qui a même songé à limiter les déplacements à dix mètres autour de son domicile. *Dix mètres* ! Heureusement, pas légal non plus. Il est bon à enfermer, Monsieur le Maire ! Et qu'on s'assure que sa cellule soit la plus petite possible, ça lui fera les pieds.

Belle émulation entre les premiers magistrats de chaque ville, en tout cas. On voit bien que protéger la santé de ses administrés (et donc de ses électeurs) c'est décidément très important.

Avec ces exemples absurdes, il avait été réellement frappant, voire carrément choquant, d'observer tous ces édiles tentés d'un seul coup par un basculement dans une forme d'autoritarisme municipal, avides de petit despotisme local, se comportant soudainement comme des mini-tyrans communaux qui trouvaient dans cette crise un moyen d'exprimer leurs fantasmes d'ordre, d'autorité, de pouvoir absolu et autocratique. Le tout au sein des limites de leurs territoires, confettis insignifiants à l'échelle du pays mais qui s'étaient retrouvés en première ligne par l'incurie de l'État, d'ordinaire hyper-centralisé mais tout à coup apparu comme disloqué, affaibli, disqualifié par sa gestion catastrophique de ces évènements. C'était les Girondins contre les Jacobins ! Chouette, après avoir fait la guerre depuis son canapé, on en revenait maintenant à la Révolution — et tant pis pour l'anachronisme et la simplification, l'essentiel, c'est l'idée.

Néanmoins, il ne fallait tout de même pas que la blague dure trop longtemps. Rapidement, certaines initiatives ont (heureusement) été contestées, et il a été rappelé aux petits Pol-Pot municipaux qu'il existait quelques limites à l'indécence — notamment juridiques. Si les *circonstances locales* ne le justifient pas, alors il n'est pas question de prendre des mesures qui « nuiraient à la cohérence de la réponse nationale face à la catastrophe sanitaire ». Et toc ! Pareil pour les restrictions de circulation : ça reste la chasse gardée du pouvoir central. On ne va pas laisser des petits potentats locaux concurrencer le monopole étatique des mesures liberticides, quand même ? Manquerait plus que ça…

Petite avancée notable cependant, on a vite permis aux polices municipales de contrôler le bon respect des mesures de confinement. Il aurait été dommage de manquer de bras, au moment où ça commençait à enfin devenir drôle, alors on a cherché du renfort. Belle promotion ! Ça devait bien changer des histoires de crottes de chien, de dépôts sauvages sur les trottoirs ou de bagnoles garées n'importe comment.

À tous les échelons, désormais, on partageait un seul mot d'ordre : montrer que ça ne rigole pas !

10

Et pourtant, pendant qu'on y allait fort pour sauter sur les promeneurs en goguette, même tout seuls, même au bord d'un cours d'eau, dans un bois ou une montagne, il y avait pas mal de coins où la musique était un peu différente.

Dans les territoires perdus (ou les isolats volontaires, question de point de vue) ça ressemblait plutôt à une fête nationale géante. Le 14 juillet dès le printemps ! Fête plutôt anti-nationale en réalité, célébrée à grands coups de projectiles divers et de bombes d'artifice balancées sur la police. Ça y allait les gros pétards sur les Kangoo cabossées !

Normal ceci-dit, vu qu'il n'était pas prioritaire (d'après les consignes) de faire cesser les rassemblements dans *certains quartiers*. Quand on peut faire la fête avec le blanc-seing de ceux qui sont censés l'empêcher, il n'y pas de raison de s'en priver.

Alors, on l'a joué nuits d'été au maximum : foot entre potes au quartier, soirées, barbecues, et même des balades nocturnes en deux-roues. C'était à cause de ça, d'ailleurs, que c'est parti en vrille : petit accrochage, puis cinéma habituel. Comme la police était décidément à la peine dans *certains quartiers* où il n'était pas *nécessaire de faire cesser les rassemblements*, on le lui avait vite fait comprendre, tous les soirs, pendant des jours et des jours. Même si l'effet tâche d'huile avait finalement été très limité (un peu raté pour le retour des émeutes de 2005), on avait vu tout de même régulièrement, dans pas mal de coins, des affrontements sporadiques filmés sous tous les angles, avec en décor un peu de lacrymo, quelques cris incompréhensibles puis des patrouilles qui finissaient par repartir en courant. Que du classique !

On pouvait bien comprendre que ça énerve le citoyen *lambda,* celui qui reste chez lui parce qu'on lui ordonne, et qui se retrouve du jour au lendemain privé de toute vie sociale parce qu'on l'y contraint. Impossible de ne pas se rendre compte qu'il n'y avait que *certains quartiers* où ça se passait aussi mal. Sur le reste du territoire, là où il était visiblement bien plus nécessaire de faire *cesser les rassemblements,* les forces de l'ordre ne faisaient aucun cadeau, parfois jusqu'à l'absurde. Certains semblaient vraiment ignorer ce qu'était le discernement, et s'en donnaient à coeur joie pour montrer qui était le patron. Les textes de loi étaient très flous et ont trop souvent été interprétés de manière particulièrement extensive, mais c'était pas grave. Comme on rabâchait à longueur de journée qu'il fallait *respecter le confinement,* il n'y en avait pas beaucoup qui osaient broncher.

Chez les gens honnêtes (c'est à dire ceux qui ne sont ni délinquants, ni juristes), la peur du gendarme restait encore une réalité assez solidement ancrée. Quand un monsieur en uniforme dit quelque chose, on l'écoute, même si ça paraît discutable. Là, en plus, il n'y avait pas le temps de discuter : il fallait appliquer la règle, point. La loi, c'est la loi, même si elle est foireuse, voire immorale. Une loi immorale, ça résumait bien la chose ! En attendant, *dura lex, sed lex,* et tant pis pour le reste. Tant pis, par exemple, pour ceux qui allaient se retrouver verbalisés pour des motifs fantaisistes, notamment à cause de leurs courses. C'est arrivé pas mal de fois ça, et le Coca c'est peut-être pas bon pour la santé, mais c'est pas encore interdit. Comme les serviettes hygiéniques, d'ailleurs. Insupportable intrusion qu'il fallait contester tout de suite, pas payer bêtement les amendes !

Puis après, tant pis aussi pour : ceux qui prenaient une prune parce qu'ils baladaient leur lapin en laisse ; donnaient à boire aux chevaux ; allaient acheter à bouffer un peu trop loin ; remplissaient leur permission de sortie au crayon à papier ; se baladaient sans vérifier le rayon d'un kilomètre… Tant pis pour eux, ça faisait rentrer de l'argent dans les caisses et ça permettait d'asseoir l'autorité de l'État en toute tranquillité. Puis ça faisait un paquet d'articles comiques dans les journaux — on aurait carrément pu en faire une rubrique dédiée. Malheureusement, toutes les situations n'étaient pas aussi burlesques. C'en était même parfois dramatiquement insupportable pour certains, comme pour ces contrevenants attrapés à la sortie d'un cimetière (amendes finalement annulées, merci à l'indignation générale) et pour tous ceux qui voulaient s'occuper de leurs proches malades, ou âgés.

Comme la petite vieille devant l'hospice de son mari : arrêtée avec sa pancarte par la gendarmerie, toute seule, sous les fenêtres de son vieillard d'époux. Nonagénaire, le pépé ! Et on a osé s'en prendre à eux, en leur faisant la morale en plus. Honteux ! Mais on avait tout de même réussi à faire encore pire dans l'absurde (ou le dégueulasse, tout dépend), en empêchant un type de voir son père mourant à quelques centaines de bornes de son domicile. Pas un motif impérieux pour le génie qui l'a contrôlé ! Résultat, le fils a fait demi-tour pour rentrer chez lui, et le mourant est mort, tout seul. Dire un dernier au revoir, ça ne semblait pas encore assez sérieux pour déroger à ces réglementations imbéciles.

Pas bien récompensés, les honnêtes citoyens. Et la liste est longue. Avec plus d'un million de PV en quelques semaines, il y aurait de quoi en faire plusieurs volumes.

Une encyclopédie de l'injustice !

C'était incroyable, d'ailleurs, à quel point cela pouvait démontrer les priorités de l'État depuis déjà plusieurs années. Encore une fois, bel exemple de traitement à deux vitesses où le citoyen moyen a décidément bien moins de chance que le délinquant. Cette situation révélait d'une manière générale un paradoxe assez incroyable : les pouvoirs publics sont prêts à arrêter quasi-intégralement le fonctionnement du pays pour *protéger* les gens d'une maladie au taux de létalité assez discutable, alors qu'en temps normal, il ne sont même plus capable de préserver le citoyen de la délinquance ordinaire. Les postillons semblent en effet bien plus dangereux que les agressions, les coups, les viols ou les meurtres. Depuis des années, les attaques et violences aux personnes explosent, sans susciter d'émotions particulières. Pareil pour tout ce qui touche à la criminalité ordinaire, d'ailleurs.

Si on en faisait autant avec les chiffres délirants de la délinquance qu'avec les statistiques hospitalières, tous les jours, tous les soirs et sur toutes les chaînes, il n'y aurait plus personnes dehors ! Par exemple, on compte en moyenne 120 agressions au couteau par jour. 43800 par an ! Qui va encore vouloir sortir, après ça ? C'est tout de même plus inquiétant qu'une mauvaise grippe, d'autant plus que ce n'est pas saisonnier — et que ça aura très certainement tendance à s'accentuer. En entendant ça aux infos tous les jours, on aurait un confinement volontaire *ad vitam æternam*. Voilà qui aurait pu en faire, des consignes amusantes : « éternuez dans un mouchoir en papier », « toussez dans votre coude », « gardez votre cran d'arrêt dans votre poche ».

Et en parlant de consignes, il faut bien sûr penser à la plus importante : « n'oubliez pas d'applaudir ».

11

Clap, clap, clap.
Tous les soirs. À la même heure.
Clap, clap, clap.

Dès le début des évènements, en effet, un rituel lénifiant qu'on appelait *communion des balcons* s'était mis en place. C'était même devenu au fil du temps une sorte de grand-messe obligatoire, abondamment mise en scène par les médias qui adoraient relayer ces manifestations bruyantes d'enfermés volontaires, hagards, pétris de belles idées et qui pensaient, comme toujours, agir pour une bonne cause, dans un élan moutonnier assez incroyable. Dans la plupart des grandes villes, et notamment dans les quartiers les mieux fréquentés, il n'était désormais plus possible d'échapper à ces démonstrations de faiblesse, à ce collectif de solitudes qui se retrouvaient au dessus de trottoirs quasiment vides, le buste fier et la tête droite, tapant frénétiquement dans leur main pour faire le plus de bruit possible. On aurait dit une bande de détenus qui cognaient des ustensiles de cuisine aussi fort qu'ils le pouvaient sur les barreaux de leur prison.

Ce spectacle vespéral frôlait décidément les limites de l'indécence. Combien, parmi tous ces gens qui rendaient ce vibrant hommage aux *soignants* avaient, plus ou moins en conscience, favorisé depuis des années, par leurs votes, les politiques responsables de la casse de tout le système de santé en détruisant progressivement l'hôpital public pour, maintenant, finir par applaudir tous ces invisibles dont ils avaient soudainement redécouvert l'existence à la faveur de leur propre crainte ?

Il fallait les voir, les dégaines des applaudisseurs professionnels. Tout contents d'applaudir, ça, ils en avaient le droit ! Enfin, tout dépend. Ils avaient le droit de respecter l'injonction, c'est assez différent. C'était assez panurgique en fait, ce réflexe. Un peu grégaire, même. Une façon de se montrer, de dire qu'on est dans le troupeau, qu'on soutient, comme tout le monde. Belle opération de communication, encore une fois. C'était un peu le *Je suis Charlie* du confinement. *Je suis soignant* ! En voilà une bonne idée, il y aurait eu un paquet de produits dérivés à faire, avec ça. Quoique, ç'aurait été perçu comme un peu trop mercantile. Il fallait plutôt éviter, en ce moment. L'ambiance était plutôt au désintéressement, au don. C'était bien plus noble. Pour un peu, on se serait presque remis à faire du troc — du don et du contre-don, Marcel Mauss lui-même aurait applaudi ! Retour aux sources, avant la consommation de masse. En avant pour la décroissance, alors ! Ça aussi, c'était devenu à la mode, et notamment chez les applaudisseurs professionnels qui s'amusaient à redécouvrir qu'ils étaient peut-être un peu trop consuméristes, passaient souvent à côté de l'essentiel… Encore un bon réflexe de privilégiés, ça ! C'est facile de réaliser qu'on a tout, quand on ne manque de rien. On ne pouvait pas en dire autant pour tout le monde, et notamment ceux qui se faisaient applaudir. Pour eux, c'était une autre paire de manches. Et les plus honnêtes l'ont bien dit : c'est sympa d'applaudir, mais ça n'augmente pas les salaires.

Tant pis, ça faisait un beau spectacle. C'était la société du spectacle en permanence ! Et vive Debord ! Vive la vraie pensée révolutionnaire situationniste, bien loin de la mollesse progressiste actuelle.

Parce que là, on y était jusqu'au cou, dans le coton progressiste, et sous les applaudissements. Cocasse, d'ailleurs, de songer que le thème à la mode chez les progressistes, c'est la société *inclusive*. On veut de l'inclusion, partout, tout le temps. Mais là, c'est chez eux que les gens étaient inclus ! Réclusion, oui ! Plus le monde est ouvert, plus les habitants sont enfermés. C'est bizarre d'ailleurs, cette propension des pays qui se disent ouverts, progressistes et libéraux, à vouloir enfermer toute leur population. Pays fermés, régressifs et autoritaires, plutôt. Double discours rôdé, double pensée. L'ignorance, c'est la force. L'esclavage, c'est la liberté. Le mensonge, c'est la vérité — et ça fait dire que la guerre, c'est la paix. Ou plutôt, dans le cas présent, c'était la paix qu'on voulait travestir en guerre, ça sonnait mieux. La guerre donc, on y revient toujours, et là, c'était plus flagrant que jamais. Les soignants, nouveaux soldats en ligne de front !

Qu'on les fasse défiler sur les Champs-Élysées, tiens, c'est une bonne idée. Treillis kakis et blouses blanches, ça changera du jaune. Et ça ne mettra pas le feu au Fouquet's, cette fois. Quoique… À force de voir les gouvernements successifs se foutre d'eux depuis des années, ils vont pas finir par s'agacer, eux aussi ? Ils seront peut-être moins virulents que les pompiers, mais ils vont la réclamer, leur prime de feu, il faut s'y attendre. Ça couve tout de même depuis un petit moment, dans leurs rangs, et ça ne s'est pas arrangé avec la situation actuelle. Alors c'est pour ça les *clap, clap, clap* !

C'est gentil et c'est gratuit. Ça donne un bel élan d'union, ça amuse les gamins qui applaudissent tous les soirs sous les yeux goguenards de leurs parents, et ça permet de dévier l'attention, détourner le regard.

Et surtout, éviter les sujets qui fâchent.

12

Évidemment, les sujets qui fâchaient, c'était toujours les sujets sociaux. La question sociale revenait fortement sur le devant de la scène en découvrant qui mettait la main à la pâte pour ne pas laisser le pays s'effondrer intégralement.

On les avait vues fleurir, les blagues sur les *premiers de corvées*. On redécouvrait soudainement l'existence de millions de gens modestes qui se tapaient tous les boulots pénibles au jour le jour, ces invisibles qu'on ne voit bien entendu jamais lorsque tout va bien. Toute une armée des ombres (encore la guerre !) qui assurait les fonctions les plus essentielles : soigner certes, mais aussi cultiver la nourriture, livrer la nourriture, vendre la nourriture, nettoyer les lieux où l'on vend de la nourriture ou encore ramasser les poubelles pleines de restes de nourriture.

Fallait bien bouffer, et c'était quand même grâce à eux ! Ils ont bien rempli la panse de tous les télétravailleurs, les gilets jaunes ! Ils ont bien rempli la panse de ceux-là même qui en avaient marre de voir ces brutes gueuler dans leurs centres-villes, de voir ces ploucs défiler chaque samedi sous leurs fenêtres, d'entendre ces beaufs réclamer un peu de considération (et un peu de pognon, il faut l'avouer).

Donc tous ceux-là, les *winners*, ils ont été contents de les trouver, les infirmières, les culs-terreux, les routiers, les caissières, les livreurs, les éboueurs et tout un tas d'autres petites mains bien utiles. Beaucoup plus sympas ces gens, tout d'un coup ! D'autant plus sympas qu'ils ont tous fait le boulot, malgré des conditions souvent très compliquées.

À commencer par les personnels soignants, vraiment considérés comme des moins-que-rien — malgré les applaudissements. Bon, vous avez pas assez de blouses ? Découpez des sacs poubelles ! Vous manquez de surblouses à usage unique ? Mettez-les à la machine ! Attention à la température, ce serait dommage que ça rétrécisse. Il faut bien pouvoir les réutiliser, les accessoires à usage unique. Pas de gaspillage, pas de gâchis. C'est un nouveau concept, on aurait pu appeler ça de *l'écologie de guerre,* ça sonnait bien. Sinon, qu'est ce qu'il manque d'autre ? Des lits, des appareils avec des tubes, tout ça ? On verra après, promis. En attendant, allez faire vos gardes de trente-six heures d'affilée. Et encore, les gens qui bossent à l'hosto restaient les plus visibles. Comme tout le monde avait la trouille de choper la grippe, tout le monde se focalisait sur les hôpitaux — on ne sait jamais. Avec tout ce bazar, on avait donc fini par découvrir que ça n'allait pas fort, dans le secteur hospitalier. Quel scoop, là encore ! C'était donc pour ça, qu'ils manifestaient depuis des mois ? Ils avaient des revendications ? Ils allaient pas faire un peu de bruit dehors juste par simple atavisme, histoire de confirmer qu'en France on conteste sans arrêt, pout tout et n'importe quoi ? On dirait pas, en fait.

Ils avaient peut-être raison de se plaindre.

Ils n'étaient pourtant pas les seuls à bosser dans des conditions lamentables. Les chauffeurs poids-lourds, par exemple, n'étaient pas en reste non plus. Pour les petites entreprises de transport routier qui se retrouvaient du jour au lendemain en sous-effectifs, ça finissait par être compliqué. Pour tous ceux qui continuaient malgré tout à bosser, c'était pas évident d'aller parcourir des milliers de kilomètres dans l'indifférence générale, avec des aires d'autoroutes fermées pratiquement partout et plus aucun moyen de maintenir une hygiène correcte. Pourtant, beaucoup ont fait le taf, et sans trop se plaindre en plus, alors qu'il y avait franchement de quoi. Pareil chez les caissières, d'ailleurs. En première ligne, à voir défiler des tas de gens toute la journée, sans broncher, malgré le chahut, la panique, les cris et les toussotements, pour finir par se faire engueuler comme du poisson pourri par des clients trop pressés et pas très contents qu'on leur dise de patienter un peu. Comme s'ils avaient autre chose à foutre, tous ceux-là ! Être pressé quand tout est fermé, fallait y penser. Ils avaient peur de quoi alors, qu'il n'y ait plus rien à bouffer du jour au lendemain ? À force de se jeter sur tout et n'importe quoi, aussi, c'est sûr que la nourriture risquait de manquer, à la longue. Et pourtant non, pas de pénurie. Grâce à qui ? Grâce aux routiers !

La boucle est bouclée, et les estomacs sont remplis.

Le constat était sans appel : les classes laborieuses (classes dangereuses !) tenaient bel et bien le pays au bout de leurs bras fatigués. C'était les cohortes des oubliés du pays profond, de la France périphérique, périurbaine, rurale, qui se retrouvaient maintenant glorifiées, applaudies, et même remerciées par tous ceux qui la craignaient quelques mois auparavant. Mais parmi les bosseurs du quotidien, il y avait néanmoins toute une catégorie qui ne semblait pas à la fête. En effet, pour les cafetiers, les restaurateurs, les bistrotiers, les petits traiteurs et même les grands groupes (qui font tout de même vivre une foule d'employés mis brusquement au chômage technique), l'incertitude économique (et la crise qui en découlerait) restait l'inquiétude prédominante.

Totalement à juste titre, d'ailleurs : verrouiller tout le pays pendant des semaines et des semaines, c'était prendre le risque de faire couler ceux qui ne vivent que des sorties. C'était bel et bien criminel, quoi qu'on en pense, même si on a fait ça au nom de l'impératif sanitaire, bien sûr. Comme toujours depuis le début, personne ne voulait voir plus loin que le bout de son nez, avec cette histoire d'impératif sanitaire. Sauf que dans le cas présent, on parlait tout de même d'un million d'emplois en danger ! Un million, c'est énorme. Un million d'emplois ça concerne facilement trois, quatre ou cinq millions de gens, parfois plus. Car au-delà des emplois menacés en eux-mêmes, il faut prendre en compte tout ceux qui gravitent autour : prestataires, sous-traitants, fournisseurs. Beaucoup de monde, en réalité, qui eux-mêmes ont des familles et des bouches à nourrir. Le nombre de victimes collatérales de tout ça sera très difficile à quantifier.

C'est tout un pan de l'économie, tout un secteur qui se retrouvait là en danger de faillite, et donc de mort — de mort réelle pour le coup, pas juste symbolique. Les faillites, c'est une vraie cause de mortalité : maladies liées au stress, déclenchement de cancers ou suicides, ça peut en remplir des chambres froides.

De toute façon, tout ça allait avoir des conséquences désastreuses sur le plan économique, c'était évident. Mais pas seulement. Le cocktail amer composé de trouille sanitaire et désastre économique allait aussi forcément occasionner un paquet de pathologies psychologiques.

13

L'un des autres gros problèmes, donc, c'est que ça allait effectivement en produire, des dingos. Des malades mentaux, des tarés, des psychotiques en tout genre. Il fallait voir comment beaucoup de gens réagissaient à tout ça, comment ça leur tapait sur le système nerveux — comment ça risquait de créer des masses de fous, tout simplement.

Il fallait voir, en cherchant un peu, tout ce que les psys et autres toubibs spécialisés dans le sommeil, le stress, le bien-être et *tutti quanti* pouvaient dire là-dessus. Il fallait lire les témoignages de tous ceux qui tournaient en rond, qui dormaient mal, qui ne dormaient plus. Tous ceux qui étaient déjà mal en point, flingués par le rythme insupportable de la société du tertiaire et dont le sommeil était devenu encore plus déstructuré qu'avant. Tous ceux qui s'endormaient bien plus tard que d'ordinaire, se levaient aux aurores, sentaient la fatigue les gagner dans la journée, somnolaient, faisaient des mini-siestes dans leurs salons, mal installés sur de vieux canapés ramollis dont ils finissaient par ne plus se lever, gavés de trouille et de malbouffe, puis qui finissaient par aller se coucher, fourbus, le dos en compote, et s'installaient dans leurs lits à demi-inconscient avant de se réveiller en sursaut, imbibés de transpiration, les membres cotonneux, le souffle court, tiraillés entre l'impossibilité de se rendormir et la fatigue qui s'accumulait.

Combien il y en avait, chez qui la désynchronisation de l'horloge biologique avait entraîné une dérégulation totale du sommeil ? Dérégulation couplée à la fatigue malsaine provoquée par les heures et les jours passés devant leurs écrans, à ingurgiter des informations aussi inquiétantes que contradictoires, qui causaient des troubles dans leur sommeil paradoxal et entrainaient des perceptions nocturnes que leurs esprits avaient de plus en plus de mal à supporter, jusqu'à en faire toutes les nuits des cauchemars flippants, grotesques et incompréhensibles ?

Combien il y en avait, qui étaient frappés par les conséquences psychologiques d'une situation qui provoquait du repli sur soi, des humeurs dépressives, des réactions d'hostilité causées par l'anxiété et qui allaient même jusqu'à entraîner des réactions purement somatiques — des types finissaient par avoir mal au crâne, mal au bide ou même mal aux muscles alors qu'ils ne foutaient strictement rien !

Combien il y en avait, aussi, qui s'angoissaient de jour en jour, d'heure en heure, en imaginant que l'atmosphère tout entière était d'un seul coup devenue radioactive, chargée en petites particules fines sur lesquelles la maladie s'accrochait par grappes entières comme des Indiens sur un tramway, et qui redoutaient alors de se retrouver foudroyés sur-le-champ, rien qu'en mettant la tête dehors — ou même en ouvrant simplement la fenêtre ?

On ne le sait pas, car ils ne comptaient pas. En réalité, on s'en foutait, de tous ceux-là ! Même si pas mal de psys ont tenté d'alerter sur les dangers qu'il y avait à perturber l'homéostasie de la population aussi brutalement et sans même penser aux effets délétères, tout le monde s'en est cogné ! Pourtant, il y en a, des conséquences, et à long terme en plus. Tant pis. À ce moment-là, c'était vachement plus inquiétant de voir des types éternuer dans la rue que d'entendre des jeunes sans antécédents psychiatriques hurler *« je suis le virus ! »* avant d'être embarqués dans des asiles de dingues (véridique).

Et encore, ceux-là restaient les cas les plus extrêmes ! Il y en avait d'autres, moins visibles car moins démonstratifs, mais pas moins traumatisés par les shoots de terreur pure qu'on leur balançait à coup de transfusion quotidienne. Même des gens habituellement sains d'esprit finissaient par péter une durite. Il y a ceux qui picolaient, qui fumaient plus que d'habitude, qui ne supportaient plus leurs conjoints, leurs gamins, qui avaient des réactions incompréhensibles, qui se coupaient intégralement de leurs proches, qui avaient l'impression de perdre les pédales, refusaient tout contact avec l'extérieur et même tournaient la tête quand il croisaient quelqu'un dans la rue — comme si passer à côté allait les abattre immédiatement, sans sommation !

Il faut dire qu'on en faisait des tonnes avec la *distanciation sociale*, concept sacrément malsain et qui n'allait pas aider ceux qui étaient déjà un peu fragiles. Oui, on insistait lourdement même, et c'était le mot *sociale* qui comptait là-dedans, pas distanciation.

L'idée bien comprise ici était en effet de se distancier *socialement*, alors que *distanciation physique* eût été une terminologie plus adaptée — car ce qui était recherché, normalement, c'était que les gens ne se touchent pas ! Mais au lieu de ça, on les a surtout invités à ne plus se côtoyer. Vraiment n'importe quoi. Début de douce folie collective, et très largement partagée : il a été assez incompréhensible de constater le nombre de personnes — même des jeunes, pas le profil à se retrouver six mois dans le coma — qui étaient terrorisées à l'idée de se retrouver dans l'espace public, à risquer de croiser des gens. Des gens, ça craint ! Un vrai danger public, les gens : des usines à virus sur pattes.

Le plus inquiétant en réalité, c'est que le concept de distanciation sociale, ce n'est pas juste un élément de langage stupide. C'est l'extension maximaliste de la logique post-moderne où l'individu est roi, comme le Narcisse masqué d'une société de l'atomisation totale où chacun se retrouve désormais l'ennemi mortel de son prochain. Un à zéro pour Thomas Hobbes contre John Locke, avec nos technocrates aux manettes du Léviathan — et ils l'ont bien manoeuvré, d'ailleurs, en légiférant sur la trouille de tous contre tous ! Fini les belles idées altruistes, maintenant c'est carrément les pouvoirs publics qui demandent de s'écarter de ses congénères. *L'enfer c'est les autres,* revisité à l'aune de la pandémie. Ou plutôt, la grippe c'est les autres, oui ! Et avec tout ça, c'est la société entière qui va se retrouver grippée si personne ne se ressaisit rapidement.

Et le plus grave, c'est que pendant que les douillets s'auto-terrorisaient sur commande, on avait assisté au triste spectacle des vieux qui se retrouvaient subitement tous seuls, relégués, du jour au lendemain. Oubliés, les ancêtres ! Mis au rebut, à la casse. Même ceux qui fonctionnaient encore. D'accord, il fallait protéger les cacochymes qui étaient la cible privilégiée, et les statistiques le montraient bien : l'âge, la santé fragile, les *comorbidités* sont évidemment des facteurs de risque, on le sait. Mais ils s'en fichaient, eux ! Vachement plus courageux, ceux qui ont connu les guerres, les vraies. Pas du style à se laisser abattre. Qu'est ce que c'est qu'une pauvre pneumonie (même si c'est la dernière !) quand on a plongé dans les fossés pour se protéger des bombes allemandes, évité les pièges des Viet-Minh ou échappé aux rafales du FLN algérien ?

En plus, c'était encore une fois totalement hypocrite. Entre le manque flagrant de matériel de protection et l'absence de mesures adaptées dans toutes les maisons de retraites et autres établissements *médico-sociaux*, l'incarcération arbitraire n'a absolument pas empêché que des milliers de vieillards y laissent leur peau — d'abord dans une certaine indifférence et ensuite dans un étrange étonnement général. Ils représentent près de la moitié des morts, tout de même !

En résumé, on a donc enfermé la France entière pour soi-disant « protéger les plus fragiles » et au final, ce sont les plus fragiles qui ont bien morflé et les moins fragiles qui se sont retrouvés terrorisés — alors qu'ils risquaient, au pire, de passer trois jours au lit. Quelle honte !

Sans oublier que pour ceux qui ne sont pas morts, c'est la sénescence accélérée qui guette, maintenant. Il n'est vraiment pas bon d'être trop longtemps privé de contacts, passé un certain âge. D'abord c'est la tristesse qui envahit, puis la déprime qui gagne et enfin la mort qui arrive, inéluctable, malgré tout — et dans une solitude terrible.

C'est ce qu'ils appellent le syndrome de glissement, en langage médical. *Le glissement, c'est maintenant !*

Ça aurait pu être drôle, si ce n'était pas aussi triste.

14

Ce qui était triste aussi, dans toute cette histoire, c'est que l'on en venait jamais à parler de l'humain, finalement. Entre l'obsession de la maladie, la vision techniciste des choses et les bafouillages politiques des uns et des autres, l'humain dans toute sa dimension ontologique avait été relégué au second plan — et encore, on pourrait même dire qu'il n'était pas considéré du tout ! Pourtant, ça doit compter, la dimension humaine, surtout dans ce genre de période.

Lorsque l'on faisait semblant de s'intéresser à l'aspect humain de la crise, c'était principalement pour vanter les héros du quotidien, tous ceux qu'on voyait donner du temps aux autres, les bénévoles, les aidants, les gens qui s'étaient immédiatement proposés pour aider leurs voisins, leurs prochains, assister les gens âgés, donner de la compagnie aux personnes seules, aider les sans abris, faire les courses des handicapés. On s'émerveillait de voir là le beau, le *bien*, l'humanisme. Mais c'était encore hypocrite, là aussi. Quelle comédie ! Ce qui était recherché, ici, ce n'était évidemment pas la grandeur d'âme ou la beauté du geste, c'était seulement l'utilité sociale de ces actions, rien de plus.

Bonne astuce, encore, de se cacher derrière la charité dans le seul but de réduire les interactions sociales à leur stricte dimension utilitariste. Les bien intentionnés étaient les dindons de la farce, une fois de plus. En faisant ça, on cherchait juste à remplir des missions essentielles que les pouvoirs publics n'étaient plus en capacité d'assurer, faute de personnels et de moyens matériels. Et au lieu de le dire honnêtement, on maquillait tout ça avec de belles valeurs.

C'était facile à comprendre, cette mascarade. Rien qu'à voir la dégaine de la plateforme d'entraide mal foutue sur laquelle on pouvait s'inscrire pour aller aider des gens dans le besoin, à grand renfort d'encadrement par des associations (plus ou moins douteuses pour certaines, voire communautaristes dans quelques cas) ou de collectivités qui en profitaient pour faire — encore — leur communication. Dans le mode de fonctionnement, aussi, on voyait que c'était n'importe quoi : il fallait s'inscrire sur le site internet (moche, compliqué et peu réactif), pour ensuite vérifier s'il y avait des besoins dans le secteur géographique choisi (évidemment qu'il y avait des besoins, et dans tout les secteurs !), puis finalement attendre la possibilité d'être mis en contact avec les intermédiaires validés, qui s'occuperaient alors d'encadrer les missions (dont beaucoup n'avaient aucun intérêt, ni pour le bénévole, ni pour celui qui en bénéficie) avec un maximum de règles et de protocoles à respecter.

Comme toujours, on ne voyait là rien d'autre que de la froide bureaucratie, et aucune spontanéité. Comment voulaient-ils que les gens s'engagent, après ça ? Non, ce qu'il aurait fallu faire, c'était laisser la libre organisation à tout le monde ! Encourager les gens à s'aider les uns les autres, par eux-même, librement. Prôner la solidarité autogérée !

Pas leur dire d'aller s'inscrire sur un site qui serait encore chargé de les contrôler, de leur expliquer quoi faire, comment, où, avec qui, en leur donnant une autorisation *administrative* d'aller mettre le nez dehors pour la bonne cause. Finalement, entre la peur-panique du méchant virus, l'interdiction policière du moindre déplacement libre et le martèlement de l'obligation à ne pas bouger de son foutu canapé, ça avait annihilé pas mal de bonnes volontés…

Pas étonnant, dès lors, qu'on ait pu voir que des gens s'étaient retrouvés tout seuls pendant des semaines, sans la moindre visite (trop dangereux !), parfois même privés de courses, dans un silence assourdissant. Drame de la solitude, une fois de plus, et cette fois de la solitude institutionnalisée, légale. Personne n'était allé quantifier le nombre d'individus isolés, âgés, handicapés, malades, seuls, qui se sont retrouvés brusquement coupés du monde, sans qu'on s'en préoccupe. Ça restait plus confortable d'être dans son coin, à profiter agréablement de sa terreur autorisée (et encouragée). Il aurait été bien dommage de céder à l'injonction contradictoire de s'isoler de ses proches pour les protéger tout en essayant d'aller les voir pour les protéger de l'isolement. Bien plus facile de rester immobile ! *L'immobilisme est un humanisme.*

S'il était évident que la situation tragique du moment n'avait malheureusement pas fait jaillir tout ce qu'il y a de meilleur dans l'humain, elle avait en revanche parfaitement réussi à faire ressortir quelques uns de ses aspects les plus détestables. On avait déjà vu les démonstrations de jalousie de certains provinciaux envers les urbains qui filaient à la campagne, on allait maintenant assister à des comportements qui foutaient vraiment la chair de poule.

Le nouvel ennemi désormais, c'était le voisin. Comme si la situation n'était déjà pas assez pénible, il fallait en venir à se méfier de toutes les fenêtres aux alentours ! Dès les début, les appels anonymes se sont mis à saturer les standards des commissariats, comme les accueils des mairies. Motif ? Flagrant délit de sortie. Oui, après la guerre, l'exode, et les *Ausweis*, on avait maintenant droit à la bonne vieille délation.

Les parallèles douloureux n'en finissaient plus !

C'était tout de même particulièrement lamentable, d'une lâcheté sans nom. Tous les motifs y passaient en plus, même les plus saugrenus. Des gens se faisaient maintenant dénoncer pour être allés dehors deux fois dans la journée ! D'autres s'étaient même vus balancés pour avoir un peu trop promené leur chien. Évidemment que ça sort, un clébard, même quinze fois par jour, s'il le faut. Il y avait aussi ceux qui sortaient avec des sacs de courses une première fois, et qui ressortaient puis qui revenaient un peu plus tard, les mains vides — c'était suspect. Et ceux qui faisaient plusieurs fois les courses dans la journée, qui rentraient à chaque fois avec des sacs de provisions pas très bien remplis — bizarre. Puis aussi ceux qui allaient faire plusieurs heures de sport par jour, ceux qui fumaient beaucoup de clopes en bas de leurs immeubles, ceux qui sortaient les gamins autant que le clébard, ceux qui partaient et revenaient plusieurs heures plus tard, etc. Au bout d'un moment, la police et les mairies en ont eu marre de ces conneries et ont fini par dire aux gens d'arrêter de les appeler juste pour ça, et que c'était pas à eux de faire le travail des forces de l'ordre. C'était dingue tout ça, ça avait réussi à transformer des tas de planqués en véritables petits flics, assoiffés de contrôle social — de contrôle tout court, même — qui n'hésitaient plus à se mêler de tout et n'importe quoi.

Certes, ce comportement n'était pas réellement nouveau. Les Français se font d'ailleurs souvent railler (exagérément, il faut le dire) pour la propension de certains à vouloir se faire systématiquement les supplétifs du pouvoir, dès lors que celui-ci se montre un tant soit peu autoritaire. Dans le cas présent, à force de marteler qu'il fallait *respecter le confinement*, quelques-uns ont bien pris ça au pied de la lettre et se sont sentis investis de la divine mission de participer au respect général des consignes ! Ce qu'ils semblaient ignorer, toutefois, c'est que d'une part ce n'était pas leur rôle (les flics leur ont rappelé assez vite, ils n'aiment pas trop ceux qui veulent jouer aux flics à leur place) et que d'autre part, tous ces gens qui se faisaient honteusement balancer étaient tout de même dans leur bon droit et ne faisaient absolument rien d'illégal. L'enfermement avait beau être injuste et l'auto-attestation stupide, il n'empêche que si on faisait gaffe, on pouvait malgré tout s'échapper un peu sans contrevenir aux règles — même s'il était décidément aussi idiot qu'humiliant de s'écrire un petit mot d'excuse pour aller faire ses courses.

Bien que ce problème de dénonciation massive ait été assez vite réglé, d'autres mauvais comportements allaient être à déplorer. Parfois c'était absurde, parfois c'était ignoble, parfois c'était même dégueulasse. L'absurde, c'était ceux qui se permettaient de dire à des gens qu'ils n'avaient rien à foutre dehors, sans même savoir que ces derniers bossaient à l'hôpital (véridique). L'ignoble, c'était ceux qui accusaient leurs petits animaux d'être des facteurs de transmission (quelle stupidité !) et qui voulaient les coller à la fourrière. Le dégueulasse enfin, c'était ceux qui mettaient des petits mots sur la porte d'entrée de leurs voisines infirmières en exigeant qu'elles s'installent ailleurs, pour ne pas *contaminer le voisinage*. On voulait les virer de chez elles ! *Raus* !

Non seulement c'était totalement débile, un véritable comportement de lâche et de trouillard (ils craignaient quoi, toussoter pendant trois ou quatre jours ?), mais c'était aussi moralement dégoûtant et inadmissible. En espérant qu'ils n'avaient pas l'outrecuidance d'applaudir à 20h, en plus…

15

Comme chacun semblait être devenu un danger pour son prochain, le délire collectif ne se limitait désormais plus aux quelques cas extrêmes de voisins délateurs ou d'égoïstes qui voulaient dégager les personnels soignants de leurs immeubles. D'une façon générale, l'ambiance était à la méfiance et à la suspicion, le tout alimenté par une crainte qui paraissait chaque jour de plus en plus irrationnelle tant ses manifestations finissaient par avoir quelque chose de malsain. À force de laisser entendre que la situation était horriblement catastrophique et qu'on ne savait pas très bien comment il serait possible d'en sortir, une véritable psychose s'était installée dans une large partie de la population et entraînait avec elle son lot de comportements paranoïaques et inquiétants.

Tout cela était particulièrement visible lorsque l'on surexposait certains évènements pour mieux les montrer du doigt, dans le but de dénoncer tout ce qui pouvait sembler déviant par rapport aux absurdes exigences d'ordre qu'on commençait à sentir flotter dans l'air. Ce qui revenait alors comme un leitmotiv entêtant étaient désormais les quelques entorses à la réglementation qu'on pouvait constater çà et là, et qu'on qualifiait de *relâchement* à longueur de reportages, tout en insistant bien sur le fait que les comportements de quelques-uns risquaient de porter préjudice à l'ensemble de la population. À croire qu'on cherchait vraiment à monter tout le monde contre tout le monde ! Il n'empêche que ça fonctionnait parfaitement : à chaque fois que des *relâchements* étaient mis en avant, il y avait aussitôt une kyrielle de commentateurs anonymes pour venir s'en indigner, à grands coups d'injonctions moralisatrices et de reproches exagérés, morigénant sans retenue tous les hors-la-loi qui se rendaient coupables de résistance à la dictature sanitaire. Notamment ceux à qui on reprochait de *braver* les interdits en allant se balader un petit peu trop longtemps (assez commun), ou encore ceux qui se réunissaient secrètement pour des apéros clandestins — c'était un peu moins fréquent mais beaucoup plus drôle, beaucoup plus rebelle, beaucoup plus *punk* !

À ceux-là, on ne laissait rien passer. Non seulement ils étaient bien évidemment verbalisés quand ils se faisaient choper (sauf dans *certains quartiers*, mais ce n'est pas le sujet), mais ils étaient en plus conspués, honnis, sous les huées symboliques de la foule d'enfermés en colère qui ne voyaient là que des assassins en puissance, des égoïstes qui ne pensaient qu'à leur petit plaisir personnel sans se soucier des autres ; comme des drames de l'individualisme incarnés par des individus souvent jeunes, insouciants et libres, trop peu terrorisés pour accepter le double enfermement à la fois physique et mental qu'on voulait leur imposer. On critiquait leur inconscience, on fustigeait leur bêtise, on en arrivait même à leur reprocher de se croire *immortels*, tant la mort avait fini par devenir une obsession quotidienne.

Pourtant, bien évidemment qu'ils sont immortels ! L'immortalité, c'est le propre de la jeunesse. Un vieux, c'est mortel, ça se rapproche de la fin de jour en jour, alors qu'un jeune, ça ne s'approche pas de la mort, ça s'éloigne juste un peu de sa naissance ! Quel plaisir pouvaient bien prendre les empêcheurs de sortir en rond en cherchant à culpabiliser les insouciants d'avoir simplement voulu profiter un peu de leur période d'immortalité provisoire ?

Il aurait pourtant été bienvenu de célébrer tout ce qui représentait la vie, la volonté de vivre et de profiter de la vie au milieu de l'ambiance mortuaire qui régnait. Au lieu de ça, la moindre initiative de détente devenait criminelle, dérivant jusqu'à l'absurde. Quand quelques habitants de Montmartre s'étaient mis spontanément à danser quelques secondes sous l'appartement d'un DJ qui avait passé une musique de Dalida (emblème du quartier !), on avait limite hurlé au terrorisme. La séquence effroyable avait été filmée, entraînant un déchaînement de commentaires hallucinants et stupides : certains parlaient de *scène surréaliste* ; d'autres évoquaient une *bombe virale* ; d'autres prédisaient que ça allait forcément *prolonger le confinement* (forcément !) ; d'autres s'inquiétaient de tous les gens innocents qui allaient *mourir à cause de ces irresponsables* (carrément !) ; d'autres encore balançaient des chapelets d'insultes, comme autant d'indignés virtuels qui trouvaient ici un moyen d'exulter leur trouille de prisonniers minables par un déchaînement de bêtise envers tous ceux qui avaient fait preuve d'une petite goutte d'insoumission dans cet océan de privations. Pourtant, c'était pas franchement des *guerilleros*, les danseurs de Montmartre ! Ils avaient plutôt de bonnes dégaines d'applaudisseurs de vingt heures, et certains semblaient avoir dépassé l'âge d'être immortels. Finalement, c'est peut-être ça qui les rendaient inexcusables…

Ce qu'il aurait fallu, c'est que tous les jeunes (et même les moins jeunes), dans tous les coins de France, prennent collectivement conscience de leur immortalité et refusent l'absurdité dans laquelle ils étaient plongés, au lieu d'obéir comme ça. On aurait pu assister à une belle dynamique contestataire, une vraie désobéissance civile !

Ils auraient eu les boules, tous les calfeutrés, de voir que la liberté reprenait le dessus sur leur funeste mentalité. Tout le monde aurait dû sortir en même temps, comme un seul homme. Un homme révolté, tel que décrit par Camus ! Celui qui s'inscrit dans la réalité, dans la *révolte positive* et spontanée, hors de toute idéologie. C'était le contexte idéal ! Refuser d'accepter cette situation n'était pas un délire de révolutionnaire nihiliste, abject ou criminel comme on cherchait à le faire croire, mais au contraire un réflexe de révolté réaliste. Si la lucidité l'avait emporté sur le refus idéologique du réel qui nous avait été imposé, alors c'en était fini de ces bêtises — et la liberté de penser, de vivre, et d'exister aurait pris le dessus.

Mais non, tout cela était finalement resté tristement marginal. Si quelques-uns avaient courageusement décidé de jouer les fortes têtes, trop d'autres étaient terrorisés, et même tétanisés par cette grande faucheuse virtuelle qu'on agitait comme un chiffon rouge sous les nez de tous les veaux qui redoutaient d'aller à l'abattoir.

16

Le vrai drame de tout ça, au fond, ce n'est pas la mort en elle-même, mais son rejet. On ne veut plus voir la mort, devenue dans son essence même insupportable. Mais comme on ne peut pas encore tuer la mort, on l'instrumentalise alors sans vergogne. On l'agite sous le nez de la terre entière comme un épouvantail, comme si on pouvait la repousser indéfiniment — comme si la vie rêvée et éternelle des transhumanistes était là, à portée de main, à condition qu'on reste bien sagement à la maison en attendant que ça se passe, sages et dociles, en laissant ceux qui prennent les décisions prendre les meilleures décisions pour notre bien à tous.

Mais qu'ont-ils bien pu croire, avec tout ça ? Qu'ils allaient confiner la mort ? Non, ils agitaient la mort pour mieux enfermer les vivants. La mort, c'est le stade ultime de la manipulation psychologique : si tu sors, tu es mort !

Les médias en avaient bien fait leur beurre de cette instrumentalisation de la mort, pour s'assurer de la docilité générale. Au moment du bilan, ce ne sont d'ailleurs pas les morts qu'il va falloir compter, mais plutôt la quantité d'infos bidonnées, manipulées, tronquées et à sens unique, martelées à l'envi dans le seul but de légitimer les mesures qui ont été prises — lesdites mesures qui ont été prises, d'ailleurs, pour tenter de dédouaner ceux qui les ont prises de ne pas avoir su prendre les bonnes mesures au bon moment. Très simple. Par souci de légitimation, donc, on avait pu assister à une magnifique démonstration de conformisme qui en disait long sur l'incroyable refus de la moindre pensée divergente, au mieux immédiatement contredite, au pire criminalisée.

Bien entendu, ce n'était pas une nouveauté : il y a déjà un bon moment qu'une certaine presse avait renoncé à sa mission d'information pour se placer uniquement au service du pouvoir, du *système*, en faisant du sensationnalisme à tout-va (préservant ainsi ses revenus publicitaires) et en évitant soigneusement de froisser telle ou telle opinion (préservant ainsi ses subventions publiques). Il ne s'agit pas de tous les titres ou de toutes les chaînes — ni de tous les journalistes, évidemment, il en reste tout de même quelques-uns qui sont encore honnêtes et courageux — néanmoins, force était de constater qu'il y avait tout de même de sacrés biais dans le traitement de l'actualité, et que refuser de bêler avec le troupeau était généralement assez mal vu…

L'unanimisme en matière d'information était donc arrivé à un tel degré qu'il en était devenu effrayant, au sens propre ! C'était l'objectif. Si *tout pouvoir a vocation à en abuser,* on peut constater que le pouvoir médiatique ne s'était pas privé pour donner raison à ce dicton. Il avait été facile de se rendre compte dès le début qu'il existait une réelle volonté d'amplification du phénomène. Plus rien d'autre ne comptait. Tout s'était mis à tourner autour de l'épidémie avec son lot d'emballement et d'excès en tout genre, en usant et abusant de la terminologie médicale, idéale pour mettre la trouille aux profanes pétrifiés. On parlait en boucle de contagiosité, de viralité, de létalité. On montrait des infographies délirantes avec des postillons rapides comme des avions de chasse et capables de parcourir des distances remarquables ; on disait qu'il fallait laisser ses courses dehors plusieurs heures (il y a un Monoprix à Tchernobyl ?) ; on montait volontairement en épingle des cas très isolés en s'émouvant à grand bruit de la mort d'untel ou d'unetelle *pourtant en bonne santé,* sans même préciser si untel ou unetelle avait déjà, malgré sa *bonne santé,* des facteurs de risques préalables (c'était pourtant tout le temps le cas !) ; on jouait la corde sensible en disant d'abord qu'il y avait pas de risques pour les enfants, puis finalement si, puis finalement peut-être (c'était pourtant jamais le cas !) ; on mélangeait sciemment des constats avec des anticipations (toujours tragiques) qui finalement ne se vérifiaient jamais. Pas plus vérifiées, d'ailleurs, que les *millions de morts* annoncés par l'Imperial College de Londres, spécialiste des prédictions foireuses et toujours erronées, qui avait réussi là le tour de force de foutre la moitié de la planète à l'arrêt de façon totalement irrationnelle, sur des prévisions ridicules, au doigt mouillé. Mais il y a eu une justice : le type à l'origine de ces prédictions, serial-confineur en chef qui se faisait une joie d'envoyer tout le monde dans sa chambre, s'était fait gauler à force de ne pas respecter ce qu'il préconisait pour le petit peuple — il n'a pas été le seul, d'ailleurs — et il a bien été obligé de dégager et de rentrer lui-même à la niche. Dans les dents, l'Écossais ! Ça lui apprendra, à mentir et à tricher.

Bref, on s'était basé sur un truc totalement irréel, irréaliste et irréalisable (heureusement !) pour prendre des décisions grotesques et pénibles, mais le mal était fait. Pourtant, au sein des grands médias, ça n'allait pas changer grand chose. La propagande ne devait surtout pas s'arrêter !

C'était d'ailleurs assez incroyable, cette recherche permanente de la négativité. Vous croyez que ça va mieux ? Bien sûr que non, tout va encore très mal ! Évidemment, si ça va mieux, c'est compliqué de justifier l'assignation (forcée) à résidence (surveillée). Alors on va encore en rajouter une couche, tiens. Ça ne va pas se passer comme ça !

Il avait bien fallu faire comprendre aux spectateurs, pourtant en attente de paroles rassurantes, qu'il était hors de question de commencer à s'imaginer que ça irait mieux un de ces jours. Il fallait au contraire penser que, peut-être, ça durerait pour toujours ; que décidément, on vivait une sacrée catastrophe ; qu'on allait certainement tous mourir — et que ça serait presque bien fait pour nous si on ne respectait pas ce qu'on nous demande !

Puis après avoir soufflé le chaud, on soufflait le froid, en laissant entendre qu'on pourrait peut-être finalement tous être sauvés si on était bien obéissants. Voilà, on y arrivait.

Ce n'était pas difficile à comprendre, en fait. Toute cette ingénierie de l'information était au service de la cause du confinement et de l'acceptation sociale des mesures liberticides et répressives. Une belle mise en pratique de ce bon Gustave Le Bon ! Ça fonctionne bien de compter sur la psychologie des foules, même dans les sociétés les plus individualisées. Il avait plutôt vu juste, le docteur : ce n'est pas très aptes au raisonnement, les foules. On peut contester la vision holiste de la société, mais il faut être de mauvaise foi pour prétendre que ce n'est pas une bonne grille de lecture. La foule, c'est bel et bien le dépassement des individus qui la composent, c'est sensible à toutes les irrationalités, c'est facilement manipulable pour peu que le boulot soit bien fait. Et là, il était plutôt bien fait, le sale boulot, d'autant que les manipulateurs médiatiques s'y appliquaient avec attention. On martelait chaque jour à quel point le confinement était une méthode efficace et indispensable, on tapait à bras raccourcis sur les pays qui cherchaient à éviter d'infliger ça à leur population, on passait sous silence la plupart des voix discordantes et critiques qui remettaient en cause l'efficacité de cette méthode (quand on ne les disqualifiait pas tout simplement, comme d'horribles oiseaux de bonheur qu'ils étaient), on s'attardait très peu sur les conséquences que ça pouvait engendrer (immédiates ou à long terme), on se gaussait de la répression à l'égard des contrevenants, on s'étonnait de voir parfois des situations de *laisser aller* en se dépêchant de dire que c'était parfaitement scandaleux ; enfin on multipliait les reportages, témoignages, faux débats ou avis scientifiques douteux qui validaient des deux mains cette scandaleuse épreuve.

Finalement, il était tout de même assez cohérent de voir que les médias approuvaient — et encourageaient — les restrictions de libertés, justifiées par un danger largement exagéré, alors qu'ils avaient été eux-mêmes à l'origine de l'exagération de ce danger. Ils auraient dû moins se fatiguer et exprimer clairement les choses.

Au lieu de devoir supporter des sornettes à longueur de journée, un simple bandeau défilant sous les tronches des présentateurs, (comme celui qui sert à résumer les actualités dans des phrases bourrées de fautes d'orthographe), aurait très bien pu faire l'affaire : *être obéissant = rester vivant* !

17

En dépit du côté artificiel de la chose et d'un effroi savamment entretenu par le double effet des propagandes médiatiques et politiques réciproquement alimentées, il y avait tout de même eu un véritable problème de santé (qu'il ne faut pas nier) et auquel tous les pays de la planète ont bien dû faire face chacun à leur manière, chacun avec leurs capacités, chacun avec leurs doctrines. Partout il y a eu des difficultés, à divers degrés certes (surtout en fonction de la qualité du système de santé des uns et des autres) mais il y en a eu ! Le problème n'est donc évidemment pas la question sanitaire *en soi* mais le traitement qui en a été fait, les réponses qui ont été apportées et les conséquences qui en ont découlé. C'est ça qui est intéressant.

Chez nous, le problème sanitaire global avait permis de mettre en lumière tous les petits problèmes dans le gros problème, et cette addition de problèmes constituait alors ce qu'on avait dénommé poétiquement « *l'ancien monde* ».

L'ancien monde, c'était celui qui avait été incapable de régler cette situation, jusqu'à créer finalement encore plus de soucis qu'il n'en a réglé, et qu'on s'est pris en pleine tête ! Pour régler les problèmes de l'ancien monde, alors, quoi de mieux que d'assurer la promotion d'un *monde nouveau* ?

Un monde tout nouveau, tout beau, dans lequel on saura tirer les leçons du passé, dans lequel on saura éviter de réitérer des erreurs trop souvent commises, dans lequel on saura s'améliorer, dans lequel on pourra tendre vers une nouvelle ère et être enfin à la hauteur des défis de l'avenir.

Belle idée, mais qui ressemblait plus à une énième diversion pour se faire pardonner de tous les errements commis qu'à une véritable promesse de changement !

Surtout qu'il y avait tout de même quelque chose de dérangeant, avec cette histoire de changement, eu égard notamment à la dimension socio-psychologique du contexte dans lequel le nouveau monde avait vocation à éclore.

Il y a en effet beaucoup de questions à se poser sur les finalités de ce qui s'est déroulé sous nos yeux impassibles, dans cet élan effarant de complaisance collective. Il va falloir réfléchir sérieusement aux tenants et aboutissants de cette séquence — réellement choquante par bien des aspects — et parvenir à dépasser les croyances et les représentations qui ont été savamment instillées dans les esprits, afin de s'interroger sur la question des libertés, et ce, dans un sens plus général, plus profond, plus extensif que la simple atteinte au droit d'aller et venir. D'accord, ça, c'était pénible et injuste, mais à la limite, de ce côté-là, chacun savait que ce petit jeu ne pourrait être que temporaire et qu'il était bien évidemment impossible de plonger d'un seul coup dans un régime totalement liberticide — il ne faut rien exagérer.

En réalité, le plus inquiétant (et qui est peut-être bien pire que la brutalité franche et assumée, finalement) c'est le côté insidieux de ce qui a été entrepris. Ce qu'il faut comprendre donc, c'est que le sujet essentiel n'est plus la restriction en tant que telle, mais plutôt l'accoutumance aux mesures restrictives. L'acceptation générale dans la société de cette assignation (forcée) à résidence (surveillée) alors même que le risque restait très limité — le retour au réel ne fera que le démontrer au fil du temps — ne pourrait que justifier de recourir à des méthodes similaires, dès lors qu'une nouvelle situation de crise, sanitaire ou autre, viendrait à apparaître. Aussi, il n'y a donc rien de délirant à redouter qu'on puisse, à l'avenir, réutiliser cette stratégie qui a visiblement fait ses preuves, en raison de la capacité d'acclimatation de la population entière à des mesures exceptionnellement dures, et tout cela sans que cela n'occasionne un quelconque rejet.

Pourtant, dans un pays habitué à débattre de tout, à discuter de tout, à contester tout et n'importe quoi, on aurait pu s'attendre à un minimum de débat, tout de même. Il n'en fût bizarrement rien, y compris (et c'est vraiment étonnant) de la part de responsables politiques pourtant prompts à exalter la notion liberté à tout bout de champs, que ce soit sous l'angle libéral, sous l'angle libertaire, ou même sous l'angle libéral-libertaire.

Que dalle, silence assourdissant ! Tétanie générale. Personne ne semblait avoir l'idée de s'inquiéter de ce qui dessinait. À l'inverse même, le premier reproche adressé au gouvernement a été sa mauvaise gestion de l'avant-crise, et le reproche qui a aussitôt suivi a été ne pas en avoir fait assez (vaste blague) pour protéger la population. Au lieu de chercher à desserrer l'étau qui étouffait l'intégralité de la population pour des raisons plus ou moins abstraites, on s'était contenté de marcher au pas et de bien respecter les consignes. Formidable suivisme ! On critique sans arrêt le manque d'unité nationale dans la politique française, mais on était pourtant en plein dedans. C'était bien facile de discuter de détails pour faire semblant d'avoir des sujets de discordes (les masques, les tests, l'ouverture ou la fermeture des écoles), mais en réalité, personne ne s'était opposé au principe de l'état d'urgence sanitaire dans son essence même.

C'était l'unité nationale après la débâcle : on donnait les pleins pouvoirs au chef, et avec l'enthousiasme des perdants ! Le professeur marseillais l'avait bien bien dit, d'ailleurs, que le consensus avait quelque chose de pétainiste. Et on y était, parfaite réussite du discours martial à tous les étages — sauf que l'état-major, maintenant, c'était le conseil scientifique. C'était le bon moment pour se rappeler que la citation apocryphe de Clémenceau (« *la guerre est quelque chose de trop sérieux pour la laisser à des militaires* ») aurait été soi disant inspirée d'une citation (elle aussi apocryphe) de Voltaire, qui aurait dit, lui, que la santé était quelque chose de trop sérieux pour être confiée aux seuls médecins ! Et peu importe s'il n'a jamais dit ça, il a raison quand même : la crise sanitaire est quelque chose de trop sérieux pour être laissée aux seuls scientifiques. C'est pourtant la grosse bêtise qui a été faite, de laisser les scientifiques gérer tout pour tout le monde.

Enfin, *scientifiques*, ça reste relatif. Car la grosse farce du conseil scientifique, ça avait tout de même été d'inclure une anthropologue et un sociologue. Comme si ça pouvait servir à quelque chose contre une épidémie, la socio ! Alors, on a évidemment prétendu que c'était pour anticiper les réactions de la société dans ce contexte troublé. On a bien vu le résultat, tiens ! À aucun moment on s'en est inquiété, des réactions de la société… C'était juste pour décorer, le sociologue ! Pareil pour l'anthropologue d'ailleurs, quand on voit de quelle vilaine façon on a traité les vieux et les morts. Elle n'était pas capable, celle-là, d'expliquer qu'il existe des invariants anthropologiques comme les rituels funéraires qui sont des fondements moraux de notre civilisation et qu'il est parfaitement inhumain d'en priver toute la population ?

Et puis même, un sociologue et une anthropologue au milieu des toubibs, réanimateurs, épidémiologistes et virologues, qu'est ce qu'ils pouvaient bien avoir à se raconter entre eux ? Aucune cohérence, dans cette équipe ! Quel était leur rôle, à part être totalement transparent du début à la fin ? Valider les suggestions trouillardes des médecins qui ont décidé de mettre tout le monde sous clé, en justifiant cette décision avec les théories abstraites dont ils ont le secret ? Légitimer la situation d'injustice en expliquant que *certaines catégories* seraient peut-être moins réceptives que d'autres à ces mesures d'exceptions en raison de leurs *habitus* socio-économico-culturels et qu'il fallait leur foutre la paix, alors que sur les autres on pouvait y aller franchement ?

Ou alors, peut-être que c'était eux qui avaient suggéré de faire la guerre contre le virus ? Ce ne serait pas étonnant, vu la foutaise du concept ! *Champ lexical guerrier pour crise sanitaire*, tiens, ça pourrait en faire un beau titre d'essai sociologique… Tout ça, c'était une excuse parfaite pour de l'arbitraire intégral, en réalité. Le miracle démocratique d'une représentation nationale pas très représentative qui s'arroge les pleins pouvoirs pour décider sans concertation qui va être enfermé et qui va sortir, où, quand, comment et pourquoi ; tout en se planquant derrière un conseil scientifique qu'on écoute quand ça va dans le bon sens (et un peu moins quand ça va dans un autre), qu'on rend responsable quand une décision pourrie est prise, et dont on justifie l'envahissante influence sur la décision publique par le fait que ce sont des *experts* et qu'ils ne peuvent que faire les bons choix — même quand ils se plantent lamentablement, comme avec ce confinement abusif.

C'était vraiment une idée saugrenue que de laisser la *médicocratie* décider de tout, notamment lorsqu'on sait à quel point le biopouvoir est obsédé par le principe de précaution. Ils font quoi les dirigeants politiques, du spectacle ? Ils se contentent de valider ce qu'on leur dit, tout en étant incapable de prendre la moindre décision sans trembloter ?

Faut voir où ça nous mène, les lois d'exception et le gouvernement des experts ! Après Thomas Hobbes, c'était maintenant Saint-Simon le grand vainqueur. Et c'est le peuple qui perd, encore une fois, alors qu'il aurait peut-être eu son mot à dire — et comme d'habitude, on ne lui a rien demandé.

Pourtant, la voilà, la bonne idée ! C'était évidemment par référendum qu'il aurait fallu décider du confinement, pas sous la pression de putschistes en blouses blanches ! On ne cesse de le répéter (depuis les Gilets Jaunes) qu'il faut écouter un peu plus la *vox populi*, notamment quand ça la concerne au premier plan. Et il aurait eu bonne tronche, le bulletin : *« Acceptez-vous de rester enfermé collectivement pendant des semaines entières sans date de sortie prévue, pour des raisons assez discutables, sous la menace permanente d'être enfermés encore plus longtemps si vous ne vous tenez pas suffisamment bien ? »*

Mais bien sûr que non ! Trois fois non, débordement des urnes avec des « non » à la pelle ! Enfin ça, c'eût été le résultat prévisible sans la propagande, bien entendu.

On en revient toujours au même : sans bourrage de crâne, pas de mise sous cloche, et sans mise sous cloche, pas de restrictions, pas d'obéissance, pas d'habitude aux privations de libertés. Donc, pas moyen de préparer le monde *d'après* en tout sérénité.

18

L'après. Le monde d'*après*. Comme une obsession, le désir maladif de sortir du monde d'avant, pour aller vers le *monde d'après*. Sacrée curiosité philosophique que cette volonté de faire du présent une abstraction, un moment invisible, intangible, comme s'il n'existait pas et qu'il ne pouvait se concevoir que d'une manière purement relativiste, comme un épisode sans saveur entre un avant décrié, honni, balayé, et un après forcément beau, radieux, espéré.

Mais rien, dans l'après, n'allait être différent de l'avant. C'est toujours l'avant qui détermine le pendant, le pendant qui écrit l'après. L'après ne se construit pas par opposition à l'avant, il est seulement déterminé par le *pendant*, le présent, le réel, et surtout ce qu'on en fait. C'est en imaginant sans arrêt cet *après* totalement fantasmatique qu'il est impossible d'agir pendant ce présent dont on veut sortir à tout prix, sans même imaginer que ce présent éthéré n'est que le résultat du passé qu'on rejette à toute force ; et que c'est cet invisible moment qu'on refuse de vivre qui déterminera cet avenir inconnu — inconnu et que l'on préfère seulement supposer, au lieu de tâcher de le construire.

Il était vrai que la période pouvait pousser à cogiter, à réfléchir, l'ambiance carcérale étant propice à s'interroger sur le sens des choses, plus profondément, sans être perturbé par la routine quotidienne. Comprendre le malaise de l'époque, y réfléchir sans cesse, durant des jours, se triturer les méninges pour trouver des explications qui ne viennent pas, pas clairement en tout cas, pas de manière à apporter des réponses qui apportent l'apaisement, l'espérance, des raisons d'y croire — sans bien savoir à quoi croire, d'ailleurs.

En vérité, il n'y avait finalement pas grand-chose auxquelles se raccrocher, quand on y songe avec attention. Quel futur imaginer lorsque l'on commence à s'acheminer, doucement mais inexorablement, vers une sorte de catatonie collective faite d'abandon de ses principes fondamentaux, d'acceptation de la terreur, de résignation à tout accepter sans broncher, sans savoir comment il sera possible de s'en extraire à la fin, sans prévoir à quelles branches se raccrocher lorsqu'adviendrait enfin cet *après* tant espéré ? C'était bien un terreau fertile à toutes les réflexions, ça ! On les avait d'ailleurs vues fleurir, toutes les hypothèses (plus ou moins farfelues) sur le nouveau monde qui allait bien pouvoir sortir de tout ce bazar !

Il devenait carrément drôle (même comique, voire burlesque) de constater alors le nombre d'intellectuels et de sachants, la profusion d'experts et spécialistes en tout genre qui prédisaient un *changement radical* (dans quel sens, au fait ?), d'entendre les gouvernants parler de *se réinventer* (il aurait déjà fallu s'être inventé tout court, au lieu de faire un mauvais mélange de vieilles recettes) et de voir qu'une grande partie de la population était maintenant plongée dans l'espoir d'une *transformation* du monde. Mais pas du tout, en fait ! Il faut arrêter de croire à n'importe quoi ! D'un côté il y a des gens qui se plantent, de l'autre des gens qui mentent, et au milieu d'eux une bande de naïfs qui croient vraiment que tout ça va aboutir à du changement. Que nenni ! Un grand écrivain français s'est même fendu d'un billet pour expliquer que *« le monde d'après serait le même qu'avant, mais en pire »*. Voilà !

C'est lui qui a raison ! C'est lui le seul à avoir (encore une fois) vu juste, et bien avant tout le monde.

Qu'est ce qui pourrait bien changer, franchement ? Surtout qu'on a bien vu que chacun a parfaitement joué le rôle qu'on lui a demandé (ou imposé), tout au long de la période. Tout ce qui s'est passé pendant cette séquence n'aura été, au final, qu'un renforcement des lignes de fractures préexistantes, rien de plus. C'est extrêmement facile à vérifier, et dans toutes les familles de pensée !

Les mondialistes restent des mondialistes, et pensent bien évidemment que c'est la mondialisation, la solution. Alors ils vont continuer à prôner l'efficience des réponses transnationales (malgré les prises de positions douteuses de l'OMS) et continueront de croire encore et toujours aux utopies de l'échange illimité et du monde sans frontières. Sans même imaginer une seule seconde que leur délire de village global est peut-être bien un peu responsable de cette pandémie (mondiale, mais c'est un pléonasme), avec un petit virus parti de Chine qui a bien su profiter du monde ouvert et de l'économie globalisée pour aller faire coucou à la Terre entière ! Pas grave, pour eux, une crise mondialisée devra toujours appeler des réponses mondialisées.

Chez les européistes, ce sera exactement le même principe. S'il y a eu un véritable naufrage de la part de l'Europe dans la gestion de la crise, c'est justement parce qu'il n'y avait pas assez d'Europe ! Pas assez d'intégration et pas assez de fédéralisme. Pour eux, ce sont bel et bien les égoïsmes nationaux qui ont rendu la coopération difficile, mais certainement pas la technocratie débile et inefficiente de l'Union Européenne, non ! Alors, pour les pro-européens, hors de question de lâcher le morceau, et vive le concept de *souveraineté européenne* ! Après la douce violence de la guerre sanitaire, on a encore le droit à un bel oxymore…

Et du côté des tenants de l'ultra-libéralisme (ça va souvent de pair avec les européistes, qui eux même rejoignent les mondialistes) tout cela n'était pas une crise du libéralisme (ou du néolibéralisme plutôt, car il y a dans cette pensée une réelle volonté de dépasser l'État). Bref, cette crise n'avait absolument rien à voir avec les excès du libre-échange ! Même pas la vague de désindustrialisations, qui ont largement empêchées d'avoir de quoi fabriquer du matériel de protection ? Non, rien à voir ! La dépendance aux production étrangères pour des produits indispensables (jusqu'à certains médicaments), qui ont parfois manqué ? Rien à voir non plus, bien entendu.

Enfin, pour les souverainistes, c'était la même chose, sauf que de ce côté-là, il y avait un paquet d'arguments à faire valoir pour expliquer le déclin du pays et son incapacité à affronter la moindre crise. Bien évidemment, ce sont les souverainistes qui ont totalement raison ! La logique du souverainisme, c'est l'autonomie stratégique avant tout. Plus besoin de dépendre des autres — qui ne se gênent pas, d'ailleurs, pour montrer qu'on a besoin d'eux. Elle est belle la sixième puissance (pour combien de temps encore ?) quand elle est pas foutue de fabriquer des bouts de tissus elle-même et qu'elle doit aller les quémander dans des pays qui font semblant d'être en retard mais qui, en réalité, fonctionnent largement mieux. C'est indispensable d'être à la fois maître chez soi et maître de soi ! Il y en a ras-le-bol d'être un peuple infantilisé par un gouvernement pusillanime qui lui-même se fait infantiliser par les grandes puissances (les vraies), quand il en est réduit à demander un peu de matériel comme un gamin réclame des bonbons à ses parents.

Faire les chose chez soi, c'est essentiel. Et les faire à côté de chez soi aussi. Vive le localisme ! Il est là, l'avenir. Pendant que les gens des villes se mettaient sur la tronche dans les grandes surfaces pour une boite d'œufs ou des paquets de farine, presque aucune pénurie n'avait été à déplorer dans les campagnes. Que des vertus, à produire et acheter près de chez soi : dans une économie basée sur le localisme, faite de circuits-courts et d'échanges directs entre les producteurs et les consommateurs, c'est tout le monde qui gagne et c'est même vachement bon pour la planète. Finis, les transports coûteux et polluants.

Tout le monde y gagne donc, sauf évidemment les intermédiaires et ceux qui n'ont aucun intérêt à sortir du système actuel. Et eux, ils vont mettre la pression pour que rien ne change. On l'a vite vu, d'ailleurs, quand un député de la majorité n'a rien trouvé de mieux à faire que de considérer le localisme comme une version miniature du populisme… Amusante tentative de discrédit de la part de tous les tenants d'idéologies éculées, ineptes et dangereuses, qui se sont magistralement illustrées par leur inefficacité.

Malgré toute la mauvaise foi dont peuvent faire preuve les opposants au principe de souveraineté nationale (ou au bon sens, mais c'est en réalité la même chose), il commence à devenir particulièrement difficile de ne pas se rendre compte de l'enfumage. Alors d'accord, le monde d'après sera sans doute le même qu'avant (*en pire*, même si le pire n'est jamais certain) mais ça aura au moins eu l'avantage d'accentuer les clivages et de donner de sérieuses billes pour la suite à tous ceux qui sont attachés à ce que l'on reprenne (enfin) notre destin en main.

Il serait temps, mais il faudra d'abord sortir de là.

19

Sortir de là, d'accord, il le faut. Mais ça risque d'être plus facile à dire qu'à faire. Car là, on ne parle pas juste de sortir de la situation de crise. Non, ce qui va risquer d'être un peu compliqué, ce sera surtout de sortir du confort qui a été permis par la situation.

C'est qu'un paquet de mauvaises habitudes ont été prises, dans tout ça. Pas mal de gens ont fini par trouver ça sympa, qu'on s'occupe d'eux à ce point. Tant pis pour les quelques restrictions imposées, elles ont été allègrement contrebalancées par une prise en charge dont certains ont su bien profiter. Il n'est pas toujours évident de se libérer de ses chaînes, et *a fortiori* lorsqu'elles sont confortables ! Alors c'est bien beau de s'arrêter aux simples modalités de gestion de la situation (enfermer pour *protéger* et *protéger* en réprimant), mais il ne faut pas non plus oublier que si toute cette période ubuesque a pu tenir aussi longtemps, c'est parce qu'il y a eu énormément de pognon injecté, notamment par le chômage partiel. Et il a drôlement bien marché, ce mécanisme.

Heureusement, d'ailleurs, car il a permis à une foule de salariés qu'on a empêché de bosser de continuer à toucher leurs salaires, et il a permis à tout un tas de petits patrons de continuer à payer leurs employés. Alors, oui, c'est très bien, et on est tout fiers d'avoir été le pays le plus généreux dans ce domaine. Seulement le problème, c'est que comme avec toutes les bonnes choses, il a fini par y avoir une très légère tendance à l'exagération : c'était bien trop long.

L'effet bénéfique dont on a pu se gausser (à juste raison) a engendré un effet pervers — pourtant prévisible — en ralentissant le retour au travail ! Sans la durée infiniment longue du chômage partiel, bien moins de gens auraient eu peur d'attraper la grippe, tout d'un coup. Notamment dans les grosses boîtes, où il y a eu un sacré paquet de « réticents » qui n'étaient pas « rassurés » de retourner au bureau, en dépit des délirantes mesures sanitaires mises en place. C'était drôle, d'ailleurs, de voir le nombre de planqués qui ne voulaient pas reprendre le travail en prétextant la trouille d'attraper on ne sait trop quoi (vu qu'il n'y avait plus rien depuis un bon moment !) mais qui continuaient à surfer sur l'ambiance de psychose générale afin de mieux entuber leurs employeurs et de continuer à faire leurs réunions en caleçon, depuis leur salon ou leur baraque de vacances.

On ne peut pas les en blâmer, ceci dit. C'est plutôt une bonne chose, le télétravail. Ça évite de croiser des petits chefs crétins dans des couloirs lugubres et ça dispense de discussions inutiles et hypocrites avec des collègues qui n'ont rien à raconter. Mais dans ce cas, ce qu'il faudrait, c'est généraliser et normaliser le travail à distance, pas le garder pour les périodes de crises ! Et surtout que les télébosseurs puissent télébosser quand ils le souhaitent, librement, pas en se planquant derrière des excuses bidons qui finissent par imposer à tout le monde de rester à la maison. Puis il ne faudrait pas oublier que si c'est sympa de travailler à domicile pour ceux qui le peuvent, il y en a tout de même beaucoup d'autres qui ont besoin de retourner au bureau et de retrouver les collègues devant la machine à café — question évidente d'équilibre entre vie professionnelle et personnelle.

L'un des petits soucis qu'on a pu toutefois remarquer avec le télétravail, c'est la question des employeurs pas très scrupuleux qui ont bien profité de la générosité de l'État (et donc du contribuable) pour faire bosser leurs employés tout en continuant à bénéficier des aides publique du chômage partiel. Il faut dire que l'inconvénient avec ce système, c'est qu'il est plutôt facile de faire bosser les gens n'importe comment, sans contrôles, ce qui laisse évidemment les portes ouvertes à toutes les dérives. Car même si les boîtes ne trichent pas toutes (et heureusement) il y en a eu certaines qui ne se sont pas gênées pour faire bosser leurs salariés un peu plus que la normale. Sans compter que si tout le monde a peur de retourner au boulot, ça ralentit la réouverture des entreprises et freine la reprise économique, y compris celle des restaurants dans lesquels les salariés ne vont plus bouffer.

Mais bon, ça reste excusable. Car au fond, ce type de comportement est juste la récolte des millions de graines de trouille qui ont été semées pendant des semaines.

Qui va de paire avec le mic-mac autour des écoles, d'ailleurs : quand on s'est finalement décider à renvoyer les gamins à l'école (gamins qui ne craignent strictement rien, ni d'être malade ni même d'être contagieux, il faut le répéter), le gouvernement n'a rien trouvé de mieux à faire que de laisser la reprise des cours s'effectuer sur la base du volontariat. L'école est obligatoire, mais on vous oblige pas, rassurez-vous ! Forcément, il y a alors eu plein de parents terrorisés et qui ne comprenaient rien (ou faisaient semblant de ne pas comprendre) qui ont décidé de garder les gosses à la maison, histoire de ne pas retourner au travail. Ils en ont bien profité tiens, heureusement que le système est généreux !

Les mauvaises langues disaient que les écoles rouvraient pour que les parents puissent reprendre le boulot et que la reprise économique soit la plus rapide possible. C'était évident que c'était pour repartir au turbin, mais justement, c'était bien. Elles auraient dû rouvrir bien plus tôt, ou même ne pas fermer ! L'annonce d'une réouverture la plus rapide possible a d'ailleurs été la seule bonne idée du gouvernement au milieu des décisions pénibles qui ont été prises. Mais en laissant le choix aux parents, c'était sûr qu'ils seraient nombreux à vouloir garder leurs mômes chez eux, et profiter encore un peu de tout ce qu'on leur filait. Alors c'est sûr, pas facile de distinguer ceux qui avaient vraiment la trouille de ceux qui étaient juste de mauvaise foi, mais vu le flot de désinformation concernant les enfants, ça reste aussi, quelque part, assez excusable — surtout pour ceux qui ont les moyens de travailler de chez eux en toute tranquillité.

Moins sympa pour les gosses, en revanche. Rester tout le temps à la maison, ce n'est pas terrible pour l'équilibre mental, ni pour la construction intellectuelle. Surtout que le système de cours à distance mis en place par le ministère s'était révélé totalement foireux, comme le reste !

Tout ça va finir par faire prendre un retard scolaire considérable à des tas de gamins, qui auront pas mal de difficultés à rattraper ce qu'ils ont raté. Et tout le monde va en pâtir. D'autant que le système éducatif n'est déjà pas en super forme, que ce soit à l'école ou dans l'enseignement supérieur. Dans les facs justement, c'était déjà du grand n'importe quoi, et la situation n'a pas arrangé les choses : on a pu voir des syndicats étudiants exiger que tous les étudiants aient une note minimale de 10/20 aux examens, en raisons des « difficultés liées aux restrictions sanitaires » !

Cela paraît délirant, mais il s'est tout de même trouvé d'éminents représentants du monde universitaire pour se permettre de soutenir ce missile tiré à pleine bourre sur une méritocratie déjà envoyée aux oubliettes depuis un bout de temps. Heureusement que la justice administrative s'est réveillée à temps et a cassé cette imbécilité… Ils auraient eu une drôle de tête, les diplômés du confinement avec leurs notes au rabais ! Même pas télé-embauchables en télétravail.

C'est aussi un signe de fin des temps, tiens, que de refuser les évaluations en prenant n'importe quel prétexte bidon. Mais à force de tirer sur la corde et de gratter tout ce qu'on donne, sous n'importe quel prétexte, c'est l'État qui va s'y mettre aux évaluations, et généralisées en plus !

La mise en place d'un carnet de citoyenneté pour tout le monde, en voilà un beau projet ! Pour toutes les prochaines fois où on nous dira de rester tranquille, ça ira bien avec les auto-attestations. Auto-évaluations et auto-bulletins de note, avec 20/20 pour ceux qui auront bien réussi le test d'obéissance !

Finalement, c'est peut-être pas un concept si facile que ça, la liberté. Surtout dans ces conditions là. Quand il s'agit de *sécurité sanitaire,* on tremblote, on accepte tout et on en redemanderait presque. On les réclame, nos quelques moments de servitude volontaire. C'est de cette prison morale et de cet enfermement du courage dont il faudra être capable de s'extraire — d'autant que tout ça commençait à devenir un peu ridicule au fur et à mesure que la situation ne faisait que s'arranger.

20

Alors que tout allait mieux, comme l'avaient bien prévu les optimistes (ou les scientifiques sérieux, c'est pareil), on continuait à essayer de faire vivre artificiellement le petit vent de panique qui connaissait une lourde tendance à l'essoufflement ! Dernier délire en date : tenter de faire croire que l'invisible Épée de Damoclès venue de Chine allait rester indéfiniment suspendue juste au-dessus de nos crânes emplis de propagande, malgré la réalité de la situation :

« Il ne faut pas croire que nous allons retrouver une situation normale avant longtemps »
« Il va falloir prendre de nouvelles habitudes »
« Nous allons devoir nous adapter »

Et bien, non, en fait ! Quelles habitudes ? S'adapter à quoi, encore ? À faire la queue pendant des heures devant les boutiques ? À porter un masque, vulgaire placebo en tissu qu'on s'était mis à découvrir soudainement depuis que ça ne servait plus à rien, une fois que tout était terminé ? C'est vrai qu'il faudra bien les utiliser les masques, ceci dit, vu qu'on s'est mis à en fabriquer par tonnes après la bataille.

Encore une guerre de retard ! Alors, pour ne pas mettre tout ça à la poubelle, c'est encore le gentil citoyen qui va devoir se plier à des réglementations débiles, comme porter un masque dans une boutique vide, dans une banque vide ou pour aller jusqu'à sa table au restaurant (même en terrasse). Quelle idiotie, ça encore, de vouloir maintenant obliger les gens à se balader avec une muselière alors qu'on venait à peine de leur enlever la laisse.

C'est aussi idiot que de vouloir les obliger à stationner dans les petits ronds ridicules qu'on a peint dans les gares, sur les trottoirs et dans plein de lieux publics, comme autant de mini-cercles de l'Enfer. Comédie pas vraiment divine, infernale obsession des *distanciations* et autres *mesures barrières*. Fort heureusement, ça ne fonctionne pas très bien, ce numéro d'équilibriste à la fois grotesque, inutile et humiliant. L'infantilisation décidément, c'est un mode de gouvernance ! Tout le monde à la marelle géante ! Et c'est pas tout, il y a la chasse au trésor, aussi : suivez les petites flèches, c'est amusant. *Jacques-a-dit* a dit on avance, on recule, on tourne, on pivote. Elles ont l'air bien malignes, toutes les boutiques et les entreprises qui se sont précipitées à en faire des tonnes dans les mesures précautionneuses : en mettant du scotch au sol pour constituer plein des mini-frontières individuelles à ne pas dépasser ; en accrochant des bouts papiers avec des flèches dessinées au stabilo pour indiquer le sens de la marche ; en mettant du film étirable sur tous les claviers des ordinateurs ; et même en imposant parfois le port du masque et de la ridicule visière en plastique (véridique) dans les endroits fréquentés par des salariés qui doivent maintenant se déguiser en chirurgien pour avoir le droit de rejoindre leurs bureaux.

Et puis quoi, après ? Il faudra s'habituer à rentrer à la niche au moindre problème, à la moindre *crise*, dès que l'État n'aura pas assez de mouchoirs pour pouvoir soulager tous les enrhumés ? Ou bien alors supporter un conditionnement généralisé à de nouveaux réflexes ? Tout à fait possible !

Quelque part, d'ailleurs, ça a déjà commencé avec les histoires de masques — masques qui ont tout l'air d'être à la fois le fil rouge et le ressort comique de toute cette séquence.

À ce propos, donc, on a récemment pu entendre un *expert* en sociologie (les sociologues, toujours dans les bons coups !) qui osait prétendre que le masque deviendrait un accessoire familier en occident… Mais non, jamais de la vie ! Le masque, c'est l'horreur absolue. C'est très bien pour ceux qui en ont une véritable utilité, dans le milieu hospitalier notamment, mais surtout pas ailleurs ! Il faut penser aux conséquences de son port sur la santé, déjà. La peau qui reste confinée sous un masque pendant des heures, c'est l'assurance d'irritations, de dermites, de tout un tas de petits soucis superficiels mais pénibles. Et pour ceux qui souffrent d'insuffisances respiratoires, c'en est carrément dangereux ! Notamment tous les gros masques balourds en tissu lavable qu'on a distribué à tour de bras pour rassurer les peureux, car ils empêchent de respirer correctement, favorisant ainsi les risques d'hypoxie et donc de dégâts sur la santé.

Mais au-delà de la santé, c'est aussi sur le terrain psychologique et social qu'il faut combattre. Le masque, ce n'est pas dans nos coutumes, dans notre mode de vie, dans notre façon de nous comporter en société. Quelle angoisse que de ne pas voir les visages de ses semblables ! C'est tout notre rapport aux autres qui en est bouleversé. Il est hors de question de modifier d'un pouce notre conception de l'espace public, dans lequel on se promène toujours à visage découvert et où l'on interagit avec ses interlocuteurs au travers de regards, de sourires, de mimiques et d'expressions faciales. Ils devraient bien s'en inquiéter, les anthropologues et les sociologues de service ! À moins qu'ils ne soient trop occupés à étudier les ressorts du contrôle social par la peur et à chercher de nouvelles justifications pour légitimer toutes les injonctions excessives qui nous ont été imposées ?

Probablement, car c'est quelque chose qui s'est bien constaté avec l'hystérie autour de la *deuxième vague*. Même si de nombreux épidémiologistes claironnent que ça n'existe pas, qu'aucune épidémie ne provoque de *deuxième vague*, on ne cessait de répéter (à grand coups d'éléments de langage) qu'il fallait continuer à faire attention, respecter les gestes barrières, les distances, se protéger, etc.

Elle avait bon dos, la deuxième vague, pour aller toujours plus loin dans les idioties et les concepts effarants. Comme par exemple les *plages dynamiques* (sur lesquelles on ne pouvait pas s'allonger, même quand il n'y avait personne), et qui avaient tout de même une allure sacrément dystopique avec leurs promeneurs contraints à bouger sans arrêt, privés de destination ! Ou encore l'interdiction d'aller plus loin qu'un rayon de cent bornes, aussi (heureusement, ça a vite sauté). N'empêche que jusqu'au bout, ils auront essayé de prolonger la dynamique de peur et de restrictions, avec leur histoire de deuxième vaguelette.

Cependant, il n'est pas tout à fait absurde de redouter un prochain afflux massif dans les hôpitaux à cause de toutes les pathologies plus ou moins lourdes qui se sont retrouvées sans soins pendant trois mois ! Pas mal de gens, en effet, ont tout bonnement arrêté de se soigner durant tout ce temps, même ceux qui en avait réellement besoin…

Encore une belle preuve de nullité : le gouvernement avait tellement fait n'importe quoi avec son enfermement aveugle et arbitraire qu'il a fallu communiquer rapidement auprès des gens afin de leur expliquer de ne pas renoncer à aller se faire soigner — même si c'était pour autre chose que pour la maladie à la mode.

Malgré tout, il restait encore quelques acharnés de la terreur qui pensait que tout ça avait du sens, et qu'il ne fallait surtout rien lâcher. Était-ce en raison d'une véritable crainte, liée à cette peur irrationnelle (mais authentique) qui les avait gagnés ? Ou alors était-ce lié à une autre crainte, d'ordre psychologique cette fois, qui est la peur de réaliser qu'on a peut-être fait tout ce foin pour rien et que, pour éviter d'affronter cette hypothèse, il valait mieux continuer à faire comme si tout cela avait été utile et vraiment indispensable ?

Car évidemment, d'une façon générale, il est toujours difficile et cruel de voir la réalité en face. Surtout lorsque l'on a été à ce point trompés, floués, que l'on a intériorisé des règles idiotes, que l'on a bien obéi comme de bon citoyens et surtout que l'on a accepté de faire sagement tout ce qui était demandé, même le plus absurde.

Le problème de la manipulation est bien là, d'ailleurs. Tant que les éléments irrationnels sont prédominants, toute la machine fonctionne. Dès lors que le réel revient (il faut toujours revenir au réel), cela marche nettement moins bien.

Et là, on commençait vraiment à toucher aux limites de cette séquence : il était temps d'arrêter de voir ce que l'on voulait croire — ou qu'on voulait nous faire croire — mais bien de commencer à enfin croire ce que l'on voyait.

21

Qu'est ce qu'on commençait à voir, alors ? Qu'il y avait eu une sacrée exagération, dès le début ? C'est certain ! Qu'il y avait un usage orienté des chiffres ? Bien possible ! Comme on l'a constaté depuis un bon moment, il fallait bien donner un vernis de crédibilité aux mesures d'exception, pour qu'elles prennent. Mais là, les ficelles commençaient à devenir un peu grosses.

Déjà, on avait pu se rendre compte que toutes les modélisations qui avaient servies de fondement *scientifique* au décisions qui ont été prises (et pas seulement chez nous!) s'avéraient totalement foireuses et n'étaient au final que d'ignobles grilles de chiffres abstraits, bien plus proches du bingo mortuaire que d'une analyse prospective sérieuse.

Ensuite, on s'apercevait que les données *brutes* qu'on nous servait à longueur de temps ne disaient rien d'autre que ce qu'on voulait leur faire dire — des données pures sans éléments contextuels (ni mises en perspective) pouvant évidemment faire l'objet de toutes les interprétations. Alors forcément, quand on balance tous les jours les chiffres des centaines et des centaines de morts qui s'accumulent, il est normal que l'on soit convaincus d'être entrés en pleine phase d'apocalypse… Pourtant, il y avait de quoi relativiser !

Déjà, en regardant le nombre total de décès. Situé au final aux alentours de trente mille en France et rapporté au nombre d'habitants d'environ soixante-sept millions, cela fait 0,044% de la population. Et on nous a fait le coup sans arrêt, en ne donnant quasiment jamais la part de décès dans la population totale, mais seulement les chiffres bruts.

En termes de communication, ça impacte mieux !

Sans compter qu'on se refusait à toute comparaison, même avec ce qui était comparable. La grippe ordinaire de la saison 2014-2015 a fait plus de dix-huit mille morts (tout de même), dans une indifférence générale et un silence absolu ! Et bien sûr, on ne va pas revenir à la grippe de Hong-Kong en 1968 qui a fait plus de trente-et-un mille morts rien qu'en France, sans qu'on arrête de bosser, d'aller à l'école, dans les magasins ou quoi que ce soit — il faut dire qu'il n'y avait pas encore internet ni les chaînes d'info en continu pour répéter toutes les cinq minutes que c'était la fin du monde.

Évidemment, trente-mille décès, ça reste beaucoup. Beaucoup trop, même ! Tout le monde est bien d'accord pour dire que ce virus est plus violent qu'une simple grippe et qu'il tue un petit peu plus. Mais bon, il n'empêche qu'on a voulu en faire une version moderne de la peste, et qu'on se rend désormais bien compte que finalement, c'était quand même pas tout à fait ça… D'autant qu'il a bien discriminé ses victimes, et maintenant tout le monde le sait. Près des trois-quarts avaient plus de soixante-quinze ans, et pour les autres, il faut prendre en compte les facteurs d'aggravation, comme le diabète, l'obésité ou l'hypertension.

Donc c'était eux qu'il fallait protéger ! Pas enfermer aveuglément toute une population de gens qui ne risquaient rien, avec un résultat totalement inefficace. Là aussi, les chiffres le démontrent : tous les pays qui ont pratiqué un confinement brutal, répressif et sans discernement n'ont pas de meilleurs résultats que les autres, et c'est même parfois le contraire ! Tout ça n'a ni stoppé, ni même ralenti l'épidémie, qui a fini par suivre une courbe en cloche tout à fait classique et ce, quelles que soient les mesures d'endiguement qui ont été prises. Un jour, il faudra étudier ce sujet attentivement.

En attendant, c'est comme ça que cela s'est déroulé, et pas autrement. On a préféré suivre le modèle de l'Italie qui lui même a copié le modèle chinois. Pour quels résultats ! Avec le recul, désormais, il ne faudra pas oublier qu'il y avait sans doute moyen d'éviter tout ça en écoutant ceux qui proposaient une autre voie (plus logique), qui consistait à isoler les vrais malades et laisser tranquilles les autres, puis à soigner ces vrais malades tant qu'il était temps, avant que cela dégénère. En gros, il fallait écouter ceux qui font de la médecine, de la vraie ! Pas ceux qui sont payés par des labos pour aller se contredire toutes les deux semaines sur les plateaux télé, ni pour prêcher l'apocalypse sans même savoir de quoi ils parlaient. Elle a eu bon dos l'excuse classique qui consistait à dire que *nous avons appris au fur et à mesure de l'évolution de la situation.* Ben tiens ! Et ceux qui avaient vu juste, pas un petit mot d'excuse, pour eux ? Pour tous ceux qui avaient dit qu'il fallait arrêter de crier au loup et qui voulaient s'inspirer de ce qui marche (la détection des malades) et éviter ce qui ne marche pas (l'enfermement de ceux qui vont bien), et qu'on a bizarrement ostracisés au fur et à mesure des mauvaises décisions, pas d'excuses du tout ?

Donc, forcément, en parlant de ça, on ne peut que revenir au fameux professeur marseillais ! La star, la vedette, le totem absolu. Celui qui avait clivé du début à la fin, qui ne laissait personne indifférent à tel point que la population entière se voyait catégorisée en deux gigantesques camps, ceux qui étaient *pour* et ceux qui étaient *contre*. Alors les *pour*, c'était évidemment ceux qu'on disqualifiait en permanence, dont on cherchait à montrer (sondage à l'appui) qu'ils n'avaient pas de diplômes, qu'ils étaient abrutis, endoctrinés, crétins, bref que c'était majoritairement des péquins moyens, accompagnés par quelques politicards qui cherchaient plus ou moins à le récupérer pour des raisons bien entendu « populistes ». On parlait d'opposition Paris contre province, élites contre peuple, on évoquait une *giletjaunisation* de la médecine et tout un tas d'autres concepts foireux qui sentaient bon le mépris de classe à plein nez. Tous ceux qui étaient *contre* en revanche, c'était les élites cultivées, les gens diplômés, qui croient en la science et pas en la sorcellerie (les modélisations ratées, c'est de la science ?), qui ne tombent pas dans les logiques simplistes et qui sont bien évidemment beaucoup trop intelligents pour croire aux sornettes d'un type dont il fallait se méfier en raison de ses certitudes et de son *arrogance*. Pas arrogants, certains autres toubibs qui ont affirmé des choses péremptoires et délirantes pendant des semaines — sans même un petit regret quand on leur mettait la tête dans leurs erreurs ? Bien sûr que non !

Il était nettement plus facile de s'en prendre au directeur de l'IHU, en hurlant avec la meute ! C'était alors des cohortes d'intellectuels, de philosophes, de journalistes, de médecins, qui s'étaient jetées sur ce savant pas si fou qu'ils conspuaient allègrement, au point que certains le qualifiaient même de charlatan. N'importe quoi ! Ou alors un charlatan d'élite, oui ! Et pour justifier cette histoire de charlatanisme, on s'était servi des chiffres, là encore. Décidément, ils avaient eu bon dos, les chiffres. Cette fois, c'était une vague histoire de « métadonnées » dont on s'était servi, pour tenter de démontrer que tout ce qu'il proposait dans son institut d'anarchistes à stéthoscopes ne fonctionnait pas.

Néanmoins, là, c'était pire que de la manipulation, on passait carrément à de la triche — voire à de la falsification !

Et c'est grave, ça ! On a essayé de démonter ses bons résultat à grand coup d'études publiées dans la plus grande revue du monde scientifique, tout de même. Une référence mondiale ! Encore raté, dommage. Car c'est qu'il a de la ressource, pépère ! Il avait dit que c'était bidon — et on a rapidement vu que c'était bidon, en effet. Dommage pour la manipulation et les manipulateurs. Ça aurait pu passer (avant internet) mais là, c'était tellement gros que ça a fini par énerver pas mal de monde, y compris à l'international.

Alors marche arrière toute, la revue a reconnu des « erreurs », ceux qui ont fait l'erreur de suivre les erreurs de la revue se sont fait discret sans vraiment reconnaitre leurs erreurs, mais pendant ce temps-là, le professeur a eu (encore) raison, comme souvent. Mais pas le droit aux excuses !

En définitive, la seule chose sur laquelle il n'a peut-être pas été bon, c'est lorsqu'il a essayé de remettre en cause l'ordre sanitaire et de contester tous les thuriféraires de la dictature de la santé en s'accrochant à ses idées, sans prévoir que ça lui péterait à ce point à la figure. Il a voulu rompre la trêve des confineurs, et ils ne lui ont jamais pardonné. Il faut dire que c'est dur d'être un adepte de Feyerabend et de se dresser (presque) tout seul *contre la méthode*, au milieu de tous ces dingues académistes ! Dingues ou criminels, d'ailleurs, vu que leur seul antienne était de filer du placebo à ceux qui se noyaient dans leurs crachats, juste pour prouver que sa bi-thérapie de médocs ordinaires ne fonctionnait pas !

Facile de dire qu'un truc ne marche pas alors qu'on ne suit pas le mode d'emploi. Autant se plaindre qu'une bagnole ne roule pas quand on met de l'essence à la place du diesel, malgré les instructions du constructeur.

Quelle crédibilité donner à la science, à la médecine, aux institutions chargées de nous protéger collectivement, de nous soigner, de nous guérir, une fois qu'on se rend compte des manœuvres effectuées pour manipuler, orienter, voire tromper ? Ce n'est pas un jeu, la médecine. Ce n'est même pas vraiment une science dure, non plus.

La médecine, au fond, ça doit plutôt se concevoir comme un art. Un art avec tout ce que ça comporte de prise de décisions (parfois à contre-courant), d'intuitions, de ressenti. Pas besoin d'être médecin pour le comprendre, seulement de s'intéresser un peu à l'épistémologie.

Il n'est plus possible de se focaliser sans arrêt sur telle ou telle méthode, telle ou telle réglementation lorsqu'il s'agit d'essayer de faire un vrai travail médical. *Primum non nocere*, c'est le principe de base enseigné à tous les étudiants qui se destinent à la carrière de médecin : avant tout, ne pas nuire ! Alors, pourquoi chercher à nuire à quelqu'un qui lui même s'échine à appliquer ce principe fondamental de ne pas nuire à ses patients, en faisant son maximum pour tenter de leur éviter une aggravation de la maladie, quitte à s'éloigner de protocoles de recherches qui risquent, eux, de nuire aux malades en ne leur donnant pas le traitement adapté pour « rester dans les clous » ?

L'explication la plus simple, elle serait peut-être du côté de la recherche elle-même finalement. Pas du côté de *big pharma*, non. Mais dans la logique affairiste qui pousse tout ceux qui ont des intérêts dans des laboratoires à favoriser les méthodes de ces laboratoires, peut-être ?

On a pu se rendre compte qu'il y en avait beaucoup dans ce cas-là…

22

On pourra rétorquer qu'un raisonnement de ce type risque d'ouvrir un boulevard à toutes les théories les plus délirantes comme le conspirationnisme, le complotisme et les paranoïas en tout genre.

Pourtant, bien sûr que non ! Hors de question de tomber là-dedans. C'est vraiment pénible le complotisme ! Ça bousille absolument toute forme de réflexion, ça tâche le réel d'éléments fumeux et indémontrables, ça décrédibilise la moindre réflexion sur des sujets un peu sensibles et surtout, ça laisse le champ libre à tous ceux qui ont des choses à cacher d'aller se cacher eux-mêmes derrière l'argument éculé de la théorie du complot. C'est frustrant, et d'autant plus énervant que tout ce qu'on veut enfouir sous l'anathème du complotisme ne sort généralement pas de nulle part. Comme on dit toujours, il n'y a pas de fumée sans feu, et ce n'est pas complotiste de le dire !

En revanche, ce sont les conjonctions d'intérêt qu'il faut aller regarder, c'est bien plus sérieux comme concept… Et pour ça, il est indispensable de se poser les bonnes questions. D'autant qu'il y en avait, des questions à se poser ! Quoi de plus naturel que de douter, d'ailleurs ? Le doute, c'est le corollaire de la liberté de penser, et penser, c'est s'interroger en permanence. Quand on joue à terroriser la population, il y a bien quelques personnes qui finissent par se demander *pourquoi,* puis qui veulent des explications, cherchent des responsables — et en viennent finalement à désigner des coupables. Même si rien ne sera simple, car personne n'est réellement fautif, dans tout ça.

Déjà, sont-ce les toubibs qui ont des intérêts dans les laboratoires, les coupables ? Non, pas vraiment. Ce serait même inutile de les accabler. Ceux-là, ils ne font rien de plus que leur job de représentant d'intérêts, finalement. Ils font la promo de ceux qui les payent, à grands coups d'argument d'autorité pour les plus connus, ou de sophisme scientifique pour les moins habiles — mais ça reste d'assez bonne guerre. On ne peut pas leur reprocher d'être convaincus qu'ils ont raison de penser ce qu'ils pensent pour rester dans la course à la recherche. La recherche pharmaceutique, ça pèse des milliards et c'est un univers rudement concurrentiel ! Il faut bien gagner de quoi bouffer, donc ils jouent leur rôle, c'est tout. C'est à ceux qui ne sont pas d'accord avec eux de démontrer qu'ils ont tort pour ensuite les mettre face à leurs contradictions. Et ça viendra, un peu de patience.

Alors, il faut peut-être chercher du côté des médias ? Pas forcément non plus, c'est comme ça qu'ils fonctionnent. Et là aussi c'est cohérent, on a pu le voir. Leur objectif, c'est de faire de l'audience et de relayer la parole du pouvoir, rien de nouveau. Sans oublier que certains médias ont des intérêts liés au business, aussi. Il suffit de regarder un peu pour se rendre compte que le groupe qui possède l'une des plus grandes chaine d'infos en continu (celle qui est la plus favorable au gouvernement !) a des actionnaires en commun avec le grand laboratoire qui propose, pour traiter le vilain virus, un produit concurrent et bien plus cher que la pilule anti-paludéenne à trois euros. C'était peut-être pour ça, alors, que tous ses intervenants passaient leur temps à aboyer, en traitant le marseillais de charlatan ? Inutile de détailler, c'est très simple à vérifier. Rien de secret, pas de complot. Juste des intérêts convergents, comme toujours !

Mais de quel côté chercher alors ? Des responsables politiques ? Après tout, ce sont eux qui commandent et qui ont fait le choix de nous faire vivre cette situation ubuesque ! Là non plus, ce n'est peut-être pas aussi simple. La pression des toubibs d'un côté, et la panique médiatique de l'autre ont certes pesé sur la décision politique — il y a toujours des courants d'influences divers et variés qui pèsent sur toutes les décisions publiques — mais il ne faut pas oublier que la plupart des choix effectués ont surtout été motivés par la peur de la responsabilité pénale. Et tout cela, par la faute du principe de précaution. À force de vouloir tout réglementer en permanence, on a fini par ériger la *précaution* en principe fondamental, comme un sacro-saint filet de sécurité censé prévenir de tous les risques possibles et imaginables grâce à une batterie de mesures à prendre dès qu'un danger pointe le bout de son nez — quitte, même, à tout paralyser.

Sur le papier c'est peut-être une bonne chose, sauf que là, il n'y avait aucune mesure à prendre vu que le pays ne disposait de rien pour faire face à une situation que ses dirigeants n'avaient même pas anticipée. Il serait cependant malhonnête de tout leur mettre sur le dos : ça fait déjà un moment que les gouvernements successifs n'ont pas pris la mesure d'un risque épidémique, bien que prévenus depuis longtemps du manque de matériel. Ils ont préféré faire la sourde oreille, pas de petites économies !

La seule mesure prise au final, ça a donc été la gestion du risque pénal, tout simplement. Le principe de précaution contre les plaintes en pagaille, c'est l'embastillement général. Au cachot, les justiciables. Détention préventive pour tout le monde ! C'était bien la première fois qu'on enfermait les potentiels plaignants à la place des mis en cause.

Mais tout ce bidonnage, ça n'empêchera pas certains de se plaindre, et à juste titre. Il y en aurait des motifs, même plus la peine de les évoquer, la liste est trop longue.

Alors en définitive, s'il y a eu tout ce bazar et ces inquiétudes, c'est parce que non seulement on n'avait pas les capacités de faire face, d'accord, mais aussi parce qu'au fond, on n'avait peut-être pas non plus réellement la volonté de faire autrement.

Et il est là, le drame ! Tout a été pensé de travers.

Au lieu de faire le choix de la confiance collective et de la responsabilité individuelle, on a préféré favoriser la crainte individuelle et organiser la répression collective.

Plus la peine de chercher qui est responsable ni qui est coupable, qui est responsable et coupable à la fois, ou l'inverse. Tout cela est en réalité un immense raté collectif !

Tout le monde a sa part de responsabilité : l'État, les politiques, les médecins, les journalistes, les fonctionnaires, la population embrigadée.

Tout le monde, sans exception !

Alors oui, comme se justifient certains qu'on accuse d'avoir mal fait : ils sont responsables, mais pas coupables.

Ils n'ont peut-être pas tort, en effet. En réalité, la vraie culpabilité est plutôt à rechercher dans l'acceptation morale et sans conditions de ce qui a été imposé. Culpabilité qui ne repose même pas sur un crime, au fond.

Car c'est pire qu'un crime, c'est une faute.

Et cette faute, c'est la résignation.

23

Résignation (actuel) : nom féminin, *fait de se résigner, de supporter sans protester quelque chose de pénible, d'inévitable.*

Résignation (vieux) : *renonciation à un droit, une charge, en faveur de quelqu'un.*

Voilà, on y était ! Tout était dit, en seulement quelques petits mots. L'absurde parenthèse qu'on avait vécu était bien une période de résignation, au sens le plus pur du terme.

C'était un renoncement heureux, voire une abdication totale, intégrale, consentie, consentante, joyeuse !

Un abandon parfait, sans râler, et avec le sourire en prime. Quelques semaines d'une servitude volontaire qui pèseront lourd, très lourd, dans l'histoire contemporaine. Comme un boulet de honte, tellement cela aura été facile ! Donnez-nous vos libertés. Oui, oui, on vous les rendra. D'accord, on ne sait pas exactement quand (ni si on vous les rendra intégralement, d'ailleurs) mais on essaiera. Promis !

Puis de toute façon, on s'en fiche un peu, finalement. Car au fond, qu'est ce que c'est, d'être libre ? Tout le monde parle de liberté, mais en réalité, personne n'y comprend rien ! À se demander si ce ne serait pas juste un petit mot creux, un concept amusant qui sert à faire joli, qu'on met dans une devise pour que ça claque, qu'on inscrit au fronton des bâtiments publics pour décorer. En fait, c'est de la comm', du bla-bla, rien d'autre. Il était temps de s'en rendre compte, et on peut remercier chaleureusement ce petit *corona* de nous en avoir fait prendre conscience. Sans lui, on aurait pas eu ce magnifique exercice d'asservissement à grande échelle !

Évidemment, les instigateurs de cette stratégie vont se féliciter de leur performance, fanfaronneront en laissant entendre que ce sont eux qui ont eu raison, que c'est grâce à eux qu'on s'en sort aussi bien, qu'on ne pouvait pas faire autrement, que des *milliers de vies* auront été sauvées par leur action, et tout un tas d'autres arguments du même genre.

Pourtant, il ne faudra pas oublier que tout ce qui s'est passé a été purement inadmissible — quoi qu'ils en diront ! Il est en effet inadmissible d'avoir été considérés comme naïfs et pris pour des imbéciles, d'avoir été autant inquiétés, terrorisés, enfermés, punis, surveillés, humiliés par une répression stupide et arbitraire, pour finir par sortir de là en étant collectivement ruinés et épuisés, privés de nos capacités de penser, de comprendre ou même d'agir, et cela restera inadmissible, même si *tout va mieux*, même si l'on nous rabâche que *nous n'avions pas le choix*, même si l'on nous remercie mille fois d'avoir bien joué le jeu.

Après, on dit ça, mais les gens n'ont pas l'air d'être trop rancuniers, finalement. Il y a même un sacré paradoxe qu'on a pu voir, alors que tout ce cirque prenait à peine fin !
L'illustration parfaite, c'était bien de se réjouir d'avoir été « enfin libérés ». N'importe quoi ! C'est un syndrome de Stockholm à grande échelle ! Encore pire, il y en avait même certains qui voulaient « fêter le déconfinement ». Ils n'ont rien compris. Rien compris du tout ! L'énorme fête qu'on aurait pu faire, c'est si on s'était libérés nous-mêmes, oui ! Tout le monde dehors pour une grosse biture distanciée, ça aurait eu quand même nettement plus d'allure.

La vraie schizophrénie que cette séquence a révélée, c'est bien cette discipline générale ! Malgré tout ce qui s'est passé, en dépit du ras-le-bol et des traumatismes, il y a tout de même une bonne frange de l'opinion qui affirme avoir « *plutôt bien vécu les évènements* » et qui considère même que les restrictions ont été « *un moindre mal* » au regard de l'urgence.

Hallucinant. La définition même de la résignation !

Mais tout n'est peut-être pas désespérant, finalement. Une fois que la trouille se dissipe et que les langues se délient, c'est un peu plus compliqué de nous faire avaler tout et n'importe quoi. La vraie lueur d'espoir, d'ailleurs, c'est tout de même la grosse gamelle que s'est pris l'application de traçage qu'on voulait nous coller dans le téléphone !

Malgré un matraquage incessant, c'est à peine 3% des gens qui l'ont téléchargée. Joli refus de laisser s'installer une certaine forme *d'autoritarisme sanitaire* qui prendrait le pas sur tout ce qui est constitutif des libertés fondamentales — à commencer par le droit inaliénable de se déplacer sans être pisté en permanence. En voilà un signe encourageant de réveil collectif ! Même si bien évidemment, on rétorquait que le dispositif est anonyme et respectueux des libertés, puis que de toute façon on est déjà pistés avec la géolocalisation du téléphone, la carte bleue et les caméras de surveillance…

Pas faux. Donc pas la peine d'en rajouter une couche, les GAFAM nous traquent déjà assez ! Quand cette fois, c'est l'État qui s'y met en nous laissant le choix de s'y soumettre ou non, alors forcément, c'est non. Dommage pour nos dirigeants, car ils avaient l'air d'y tenir, à leur système — alors que c'était bien plus tôt qu'il fallait le proposer, quand tout le monde avait peur et que c'était potentiellement utile.

Là, peut-être que les réactions auraient été différentes. Encore une guerre de retard ! C'était tellement raté d'ailleurs, que pour essayer de convaincre les gens, certains ont suggéré de rendre son utilisation obligatoire par des contreparties douteuses, comme conditionner son utilisation à une priorité d'accès à un vaccin. Mais même avec ça, ce n'est pas non plus si évident ! On ne va pas s'injecter un truc dont on ne sait absolument rien, tout de même. Sans compter que c'est franchement minable, ce genre de chantage. Presque aussi minable que d'avoir voulu filer du fric aux médecins pour les inviter à violer le secret médical en balançant les données de santé de tout le monde à n'importe qui, comme l'avait montré le mini-scandale des *brigades sanitaires*. Et pourquoi pas directement une police de la santé, ou des escadrons de l'anti-mort, version ange gardien ? Des escadrons de la vie !

Et dans ces conditions, ce sera quoi la suite ?

Le même cirque pour la gastro, la grippe, les angines ?

Et jusqu'à quel niveau de vigilance ? Vous avez rencontré quelqu'un qui se mouche et vous étiez à moins de trois mètres pendant plusieurs minutes, *Achtung* !

Qu'est ce qui sortira de tout ça ? Une instauration de nouveaux principes sanitaires stricts, comme la détection des malades en tous lieux, la prise de température systématique, la vaccination obligatoire, un système de traçage généralisé et lui aussi obligatoire, vu que personne n'en veut ?

La *dictature sanitaire* est encore loin, il faut l'admettre. Néanmoins, il faudra tout de même rester vigilants et garder à l'esprit que vouloir faire le bien des gens malgré eux peut conduire à des dérives plutôt inquiétantes — et dont on vient d'avoir un petit avant-goût, franchement désagréable.

24

Et puis enfin, tout s'est terminé trois mois plus tard, presque jour pour jour, à la faveur d'un énième discours.

Terminé comme c'était venu. Soudainement.

En se rendant enfin compte qu'il fallait désormais lâcher l'affaire, le ton s'était mis à changer, pour de bon.

C'en était fini des gros yeux présidentiels et de la posture martiale.

C'était comme si rien ne s'était passé, finalement. Beaucoup d'autosatisfaction et de gloriole gouvernementale (*le bilan est bon !*), un peu de retour à l'insouciance, une petit tirade sur la reprise de notre *art de vivre*, et tout va bien !

Avec une dernière tentative désespérée de prolonger artificiellement cette séquence, en prétendant que l'été qui suivrait ne serait *pas le même* que d'habitude — mais sans grande conviction, sauf celle d'épuiser les stocks de masques.

Tout ça ressemblait bien à une volonté de tourner la page le plus vite possible, d'un coup de baguette magique, en parlant d'autre chose pour que l'on ne pense plus à tout ça.

Pour un peu, on aurait presque entendu un truc du genre : « *voilà c'est fini, désolé pour le dérangement, maintenant on va faire plein de trucs marrants et sympas, tous ensemble* ».

Trois mois plus tard, le claquement sec du début ressemblait cette fois à une caresse bien molle !

Un peu facile.

On a été résignés, sans doute. À tel point que même en plein été, on a fini par accepter de porter la muselière pour aller acheter une botte de poireaux.

Résignés, donc. Mais certainement pas amnésiques !

Achevé d'imprimer en juillet 2020

10€ TTC